マドンナメイト文庫

奴隷帝国ニッポン 牝奴隷調教機関

柚木郁人

目次

contents

奴隷帝国ニッポン　牝奴隷調教機関

二〇××年、〇月×日。

日本は阿州《アフリカ》の新興国である「帝国」に敗れ無条件降伏した。

敗戦後、日本は元号を改め、東京は「帝都租界」として帝国から統治されることになった。

プロローグ

ある夏の日。

広島《ひろしま》を代表する名家である白藤《しらふじ》公爵邸に一通の手紙が届いた。

見る者を威圧するかのような瀟洒《しょうしゃ》な居間には、当主の白藤元胤《もとたね》を中心に、三人の正妻と十二人の子供たちの姿があった。子供たちは目を輝かせて、父親である元胤が封筒を開けるのを今か今かと待っていた。

その手紙は三年前に上京した次男・篤胤《あったね》からのものだった。

「お父様、早く!」

「まあ、待て。そう急ぐでない」

元胤はゆっくりと手紙に目を通し、やがて破顔した。

自分の中で次男はまだ幼い少年のままで、母親譲りの優しい気質と美貌はややもすると繊細すぎる気もした。

しかし、写真には精悍《せいかん》な顔立ちの青年がしっかりと写っていた。手紙の文面にも正直感心させられた。

三年という月日は思春期の子供を成長させるに十分な時間だったのだ。昔から可愛い子には旅をさせろと言うが、まさにその言葉どおりなのだと元胤は改めて思った。

「父上、見せてください」

焦《じ》れた子供たちを代表するかのように、長男の信胤《のぶたね》が急《せ》かした。

「ふん、なんだこの女のようになよなよした字は……相変わらずだな」

信胤は手紙を見ると即座にそう揶揄《やゆ》した。

「お兄さま、見せてください」

他の子供たちも我慢しきれずに、手紙に手を伸ばした。

だが、信胤はその手をぴしゃりと叩いた。

「字も読み書きできぬ女が出しゃばるな」

叩かれた娘は母親である第二夫人のもとに駆け寄り泣きだした。

信胤の傲慢な態度に元胤は日頃から頭を悩ませていた。

信胤は口を開けば、長男としての重責があるというが、弟や妹たちに尊大であってい理由にはならない。家督は長男が継ぐことが決まっているが、生む順番を間違えたのではないかと元胤は最近ますます思うようになっていた。

「いい加減にしなさい」

たまりかねた元胤は信胤を叱った。

「父上、なぜ私を？」

信胤は目を血走らせて父親を睨みつけた。また癇癪《かんしゃく》を起こすにちがいないと思うやいなや、信胤は手紙をビリビリと破きだした。

「やめるんだ！」

元胤は声を荒げたが、それを上回る大声で信胤は叫んだ。

「我が国は、外国とのやりとりをいっさい禁じているのだ！　東京は我が国の元首都とはいえ、今や帝国領となっています。そのようなところから送られてきた手紙を我が家に置いておくわけには参りません！」

確かに鎖国している現状では、信胤の主張は間違ってはいない。

しかし、それはあまりに杓子《しゃくし》定規すぎるし、何より他の子供たちへの思いやりがなさすぎる。元胤は苦い顔をしたが、それ以上何も言わなかった。注意して変わるならとうの昔に変わっているはずだからだ。

「同級生との会合がありますので、これで失礼します！」

信胤は言いたいことだけ言うと、部屋から出ていった。それを追うようにして第一夫人も退席した。彼女の目には父親が息子をかばわなかったことを批難する色がありありと浮かんでいた。

残された子供たちの心はいっそう信胤から離れていったにちがいない。

床に散らばった手紙の切れ端を拾い集め、なんとか篤胤の文字を解読しようとしていた。

それを見るだけで、篤胤がどれほど弟や妹たちに慕われていたのかがわかるというものだ。

「みんなで協力して手紙を読めるようにしよう」

元胤がそう提案すると、子供たちは再び目を輝かせて元気よく「はい！」と返事した。

そして三男の幸胤《ゆきたね》を手招きした。

「ほら、この写真を見てごらんなさい」

そこに写っている篤胤はすらりと背が高く、身長は百八十センチは優にありそうだ。顎もしっかりと角張って、すっかり男らしくなっていた。

「〝白百合〟が篤胤にも届いたことは覚えておるだろう？」

「はい」

「この写真を見たら手違いだと一目でわかる」

「白百合」とは旧首都の華族女子校に入学が許可された者に届けられる召喚状のことだった。男子であれば落ち牡丹《ぼたん》と刀が描かれているはずだった。

召喚状が送られるのは多くは中学を卒業する頃だが、中には小学校卒業時に送られる者もいる。神童と呼ばれる少年少女たちが対象だった。反対に高校卒業時に送られてくる者は一握りだけだった。

召喚状が送られるのは優秀でしかも眉目秀麗《びもくしゅうれい》な者に限られた。それは華族のステータスでもあったのだ。その可能性がなくなった長男の信胤は矜持《きょうじ》が傷つけられ、歪んだ愛国心で自分を守っているにすぎなかった。

しかし、元胤にとっては今は三男のほうが気がかりだった。

「篤もお前の年の頃は、華奢で、よく女と見間違えられとったぞ。安心しろ」

「はい」

幸胤ははきはきと返事をした。

それまで立ちこめていた雨雲が一気に晴れたような顔立ちになった。

「写真屋に頼んで、この写真を引き伸ばして部屋に飾ろう」

「わたくしも立派な男子になります。そのときは、兄上様、姉上様の隣に飾ってください」

「わかった。約束しよう」

元胤と幸胤は、部屋の壁に飾られた額縁を見た。

そこには、大人びた美貌の長女・白藤瑠璃子《るりこ》と、可憐とさえいえるような女顔の次男・篤胤の写真が並んでいた。それは三年前に撮影されたものだった。

第一章　奴隷たちの肉体査定

隷環《れいわ》三十年、三月吉日。

　白藤篤胤は新幹線で帝都租界へと向かっていた。

　その車両は白いセーラー服姿の少女たちでいっぱいだった。広島県の華族女子学院のスカートは県花の紅葉色である。スカーフも同色だった。途中で新神戸、名古屋の華族学院の生徒が乗り込み、総勢五十名ほどになった。花のような薫りで車内は満ち溢れた。その中で男子は篤胤と名古屋で乗車してきたもう一人だけだった。

　篤胤は居たたまれなくなってその男子に話しかけたくなった。そのとき、隣の車両から、愛知の県花である杜若《かきつばた》と同じ紫色の学ランを着た男子が五名ほど入ってきた。

　みな身長が百八十センチ前後あり、ガッシリした体形をしていた。だだ、顔はまだ幼く、ちぐはぐな印象を与えた。篤胤と同じ十五歳前後だろう。一様に青々とした丸坊主で、腰には帯刀している。

彼らは先ほどの男子をたちまち取り囲んだ。

にぎやかだった女子たちも、急な出来事に息を潜めた。

「華族の誉れ高き令嬢の皆様、突然のことで失礼します」

リーダー格と思われる少年がよく通る声であたりを威圧した。

女子の反応は二分された。

突然の乱入に眉を顰《ひそ》める者と、男らしい容姿にうっとりする者だ。目敏《めざと》い女子はいの一番に学ランの袖口のラインを確認したはずだ。

そこには四本のラインが入っている。身分社会では、そこは絶対見落としてはならないものだった。

華族制は公爵、侯爵、伯爵、子爵、男爵から成っている、つまり袖のラインが四本ということは、彼が侯爵であることを示していた。

ちなみに女子には名前に「子」をつけるのが華族の特権だった。

「わたくしは愛知・財前光宗《ざいぜんこうしゅう》侯爵の三男嘉宗《かしゅう》。麗《うるわ》しき令嬢の園に紛れ込んだ芋虫を退治しに参りました」

芝居がかった口調に篤胤は異母兄の信胤の姿を重ね合わせた。困った兄だが、心の底から嫌うことはできない。なぜなら、兄は苦しみを抱《かか》えているからだ。

嘉宗と名乗った少年は女子の視線を意識して、さらに傲慢な態度をとった。

「……何事ですか？」

篤胤の隣に座る許嫁の胡桃澤咲良子《くるみさわさくらこ》が騒動で目を覚ました。乗り物に酔ってしまい顔は蒼褪《あおざ》めているが、美しい顔だった。

一つ年下の咲良子は、大きな瞳や筋の通った鼻、少しぽってりした唇などが見事に調和していて、妙に大人びて見えるときがあった。

「……無礼者ですか？」

咲良子は嘉宗を見て、さらに気分が悪くなったといわんばかりに顔を顰《しか》めた。

嘉宗はおとなしく座っていた男子の胸ぐらを摑んで引っ張り上げた。その小柄な少年は人形のようにひょいと立ち上がった。

「くぅ」

白い肌に肩まである髪の毛。女子に劣らぬ美貌の持ち主だった。

意外なことにその少年が嘉宗を睨みつけた。

「おいおい、ここはご令嬢専用車両だぜ？　なぜ股間に芋虫を飼っているやつがいるんだ？」

「白百合の召喚状は女子だけに送られるはずだろ？」

「……」

召喚状は男子なら赤、女子なら白色だった。その色から男子のほうは赤紙、女子は白百合という俗称が広まっていた。

しかし、なんの手違いか、男子に白百合が送られてくることがある。篤胤もその例に漏れず、白百合を受け取っていた。赤紙なら髪を丸める規則になっているが、白百合ならおかっぱのままだ。思春期の少年にとってはそれもまたつらいことだった。広島の公爵ということもあり、篤胤は同級生から絡まれることはなかったが、長男の信篤だけは白百合であることを激しく糾弾した。

「何とか言えよ、お嬢ちゃん」

「……」

少年は握り拳を作ってじっと耐えている。袖にはラインが一本だけ入っていた。つまり、男爵家の子息だ。もし、彼と同じ身分だったら、あそこにいたのは篤胤だったかもしれない。

嘉宗は少年の腰に目をやった。

「それは短刀か？　女子が帯刀《たいとう》するのは禁じられているだろう」

「触るな！」

嘉宗が短刀に手を伸ばそうとすると、少年は反撃に出た。なんと嘉宗を蹴り倒したのだ。

「何しやがる！」

顔をゆでダコのように真っ赤にした嘉宗がすぐさま立ち上がり、自分の打刀《うちがたな》の柄《つか》に手をやる。

「きゃあ！」

女子たちがいっせいに悲鳴をあげた。

咲良子がとっさに起き上がろうとした。ケンカを仲裁しようというのだろう。咲良子は元来面倒見がよく、自由闊達《じゆうかったつ》な気性だ。薙刀《なぎなた》では師範代になれるほど文武両道でもある。

篤胤はそんな彼女に憧れていた。だから、相応《ふさわ》しい人間になれるよう努力もしてきた。

「僕が行きます。そのほうが無用な争いにならないでしょう」

篤胤は咲良子を制した。

「虎徹《こてつ》は血に飢えているのだ」

嘉宗は今にも刀を抜こうとしている。相対する少年も短刀の柄に手をかけている。どちらも真剣のはずだ。

帝都租界に選抜された子息は、家宝の刀を持っていくことになっていた。それは形見でもあったし、帝都租界で活躍すれば、敗戦時に没収された国宝が家に下賜《かし》されることもあるという。

篤胤の腰にも白藤家の家宝中の家宝である毛利藤四郎《もうりとうしろう》があった。

嘉宗の取り巻きの合間をかいくぐり、今にも虎徹を抜かんとする嘉宗の手を押さえた。そして一方で少年に手をかざして制した。

「ここは争いをする場所ではない。自分の席に戻るんだ」

「何を⁉」

嘉宗が鬼のような形相になった。柄を抜こうとする手に力がこもった。小柄な篤胤だったが、嘉宗の手はぴくりとも動かなかった。それは腕力ではなく支点と力点によるものだった。

篤胤は安芸《あき》派一刀流を極めていたのだ。その流派は、抜かず・切らず・殺さずをもっとうにした平和な剣だ。父の元胤が一刀流の剣豪・千葉墨斎《ちばぼくさい》を招き、広島県の剣術として支援していた。

篤胤はその千葉墨斎の息子・泰山《たいざん》に師事していたのである。

泰山は篤胤たちのことを頭文字で呼んでいた。

「篤は、兄の信のようにその地位を利用したらいい。無益な争いが防げるなら、それでいいだろう」

篤胤は泰山の言葉にならって、学ランの袖に入る五本線をわざと見えるようにした。

頭に血が登っているとはいえ嘉宗もさすがにそれに気づいたようで、柄からすっと手を離した。

「ありがとう」

「……すまなかった」

嘉宗が小声で篤胤に謝罪した。

「謝る相手が違うと思うが？」

「あ、ああ……悪かった」

嘉宗が少年にも頭を下げた。

「これから行く租界では身分など関係ないんだから、みんなで仲よく学業に励もうではないか」

篤胤は嘉宗をそれ以上、追い詰めることはしなかった。

柔和で弱腰だと言われることもあるが、相手に敬意を表するのが安芸派一刀流である。

嘉宗たちは黙って自分の車両に戻っていった。

「……ありがとうございました」

男爵家の少年は頭を下げてから名乗った。

「自分は高畠夏之丞《たかはたなつのじょう》と申します……」

「白藤篤胤。十五歳」

「同い年ですか？　はぁ……自分はどうも短気で」

「あのような侮辱を受ければ誰だって頭に血がのぼるさ。僕は自分のためにやったんだ……だから、気にしないでくれ」

「そう言っていただけると助かります。あ、あの……もしよろしければ、いえ……」

夏之丞が言葉を飲み込んで項垂《うなだ》れた。

篤胤は彼の手を握った。とても冷たい手だった。

「……ああ、いえ、はい」

「これもなにかの縁だ。友だちになろう」

「え？　いいのですか？　自分のような貧乏華族と……」

「白百合が送られてきた仲じゃないか。これも運命だ」

その後、二人はそれぞれの席に着いた。

女子から熱い視線を浴びていたが、篤胤は意に介さなかった。

すると咲良子が囁きかけてきた。

「緊張してましたね？」

「うん。真剣は初めてだったから……」

「でも、素敵でした」

咲良子は篤胤の肩に小さい顔を載せた。

＊

帝都租界とは旧首都のことである。天空都市という異名もある。それは誇張でも何でもなかった。初めて目にする者には衝撃的な光景にちがいない。

帝都租界は地上百メートルの高さに浮かぶ空中都市だったからだ。面積は六十キロ平方ほどあるだろうか。それを無数の柱で支えるかっこうになっていた。

その都市の下にある太陽の光が差し込まない街は、けばけばしいネオンの明かりで輝いていた。俗に土竜《もぐら》街などとも呼ばれていた。そこに一千万人近い人間が住んでいるらしいが正確には把握できていなかった。

選抜された生徒たちは、いったん帝都租界の選抜生管理センターに集められることになっていた。

今回の帝都租界に選抜された中で最も地位の高い篤胤は、広島県第二管理センターで上級官吏の神谷史郎《かみやしろう》に呼び出されていた。

神谷は四十代の痩せぎすで顔の青白い男だった。神経質そうに指で眉間の皺を揉んでいた。

「長旅、ご苦労だった」

神谷は事務的な口調でそう言った。

篤胤は事前に神谷のことを父親から聞いていた。父と神谷は同級生で、父によると神谷は本当の神童だったという。異例の若さで所長の地位に就いていた。

一面ガラス張りの部屋の外ではネオンの明かりが光の川のように見えていた。

神谷の部屋は帝都租界のちょうど底に当たる部分にあることを意味していた。

「驚いたか？」

神谷が初めて笑みを浮かべた。

「は、はい。見たこともない景色なので」

「これが帝国の力なのだ」

「……」

篤胤は言葉を失った。

「残念ながら帝国の技術は神の領域にまで達しているといっていい」

「え？　ですが、我が国は世界第二位の経済大国では？」

「ははは……確かにそうかもしれない。だが、鎖国をしている我が国が外の世界を知りようがないではないか。帝国からもたらされる情報を信じるしかないのだよ。本当のことを教えてあげようか。帝国と我が国では、技術力や経済力は月とスッポンなのだ」

「そんなに……」

「近年は宇宙開発も進んでいるらしいが……」

神谷は窓際に歩み寄ると、唇を嚙みしめているようだった。

少し離れたところにも巨大な支柱ビルがあった。どうやらそれが広島県第一管理センターであるらしい。照明が消えているのか、なにやら不気味でしかなかった。

「……申請の件だが、あれから返答はなかった」

「……そうですか」

篤胤はわずかに落胆した。

白百合が届いたのは何かのミスではないかと異議申立てをしたのだ。

「君が元胤の息子だから正直に言うが、帝国がミスを犯すとは思えない」

「では、僕は？」

「すまないが、上の出来事は何一つわからないのだ」

「……」

「赤紙は華族の男子、白百合は女子とされているが、果たして本当にそうなのか我々には確認することもできない」

「でも、姉さんの写真や記事を見ると今でも活躍しているようです」

「ほう、写真や記事ねえ」

神谷が鋭い目つきになった。

篤胤はしまったという表情をした。

「まあ、今は追及するのはやめておこう。どうせレジスタンスの諜報活動で知ったのだろう」

姉とは五年前に帝都租界に送られた瑠璃子のことだった。

瑠璃子は今や銀幕スターになっているはずだ。

写真には帝国人に囲まれてサインしている瑠璃子の姿が写っていた。姉は美しい少女に成長していた。

「写真や記事の改竄《かいざん》などたやすいことはわかるよな？」

神谷はそう言って何枚かの写真を差し出した。

篤胤はそれを見て驚愕した。

そこには髭を生やしている篤胤が写っていた。今よりも大人びている。その隣には咲良子がいる。どうやら花嫁のようだった。もう一枚には咲良子が赤ん坊を抱く姿、さらには篤胤の大学卒業写真もあった。小説家になったのだろうか、文学賞受賞式の写真もあった。篤胤は密《ひそ》かに小説家になることを夢見ていたのだが、いったいどうしてそれがわかったのだろうか。

「……こ、これは？」

「帝国に潜入したスパイから送られてきたものだ。君の将来像だそうだ」

「もしかして……」

「ああ、こんなことは簡単に捏造できる」

「……」

「本当に姉君は幸福に暮らしているといいのだが……」

篤胤は背筋が凍りついた。

選抜された女子はなぜ美少女ばかりなのか。

なぜ華族制度が復活したのか。

そして、なぜ帝都租界に送られた人間は誰一人として戻ってこないのか。薄々気づいてはいた疑問が怒濤のように押し寄せてきた。

「君に頼みたいことがある」

神谷が掠《かす》れた声でそう呟いたとき、床を突き上げるような激しい揺れを感じた。

それに続きドドドドと地鳴りが響いた。

篤胤は思わず床に伏せた。これまで体験したことのない地震だった。

「くそ、くそッ！」

神谷が地面を叩きながら叫んだ。

聳《そび》えていたビルがゆっくりと崩れ落ちるのが見えた。広島県第一管理センターだった。

＊

翌日、地震は震度六強と発表された。

第一管理センターだけでなく旧東京の高層ビルがいくつも倒壊した。死傷者、行方不明者の数は時間がたつにつれ増えていった。

だが、何よりも驚いたのは建造物がすぐさま修復されていることだった。

神谷はそれを３Ｄプリンターの技術を応用したものだと言っていた。ただ、神谷をしてもその原理は理解できないようだ。第二管理センターも同じ技術で作られているそうで、地震の震度に応じて倒れる建物が調整されているようだ。

つまり、昨日、第二管理センターにいたのは、帝国からの指示だったわけで、選抜生がいなければ神谷たちは瓦礫《がれき》の下敷きになっていたかもしれない。帝国は地震さえも予知できるのだろうか。

「ははは、独立なんてできるわけがない……」

不眠不休で災害に対応していた神谷は髪を掻き毟《むし》りながら狂人じみた笑い声をあげた。

昨日、彼は篤胤に何かを託したかったのだろうが、もうそんなことを気にしている余裕もないようだった。

血走った目で睨んだかと思うと、篤胤のほうに迫ってきた。見れば、手には注射器がある。

「これしかないんだ……すまんが協力してくれ」

「何を⁉」

篤胤は頭の中で警鐘が鳴り響いたが、金縛りにあったように身体は動かなかった。気づいたときには腕に注射針を刺されていた。

「何をするんですか⁉」

「……こうでもしないと帝国を滅ぼすことができないんだ。すまん」

そのまま帝都租界への引き渡し時間となった。

帝都租界へと続くエレベータは一度に百人は運べる巨大なものだった。篤胤の他には咲良子、それに昨日、新幹線で会った夏之丞もいた。他にも美少年が五人ほどいるようだった。

驚くほどの速度で帝都租界に到着した。

エレベータのドアが開くと、急に視界が開けた。そこはだだっ広い空間で、どこか体育館を思わせる造りだった。すぐさま篤胤たちは軍服を着た女性兵士に取り囲まれた。

全員体格がいい帝国軍人のようで、浅黒い肌に金髪だった。友好的とは程遠い態度で、銃口をいっせいに篤胤たちに向けてきた。

「ひぃ！」

「きゃああ！」

女子が悲鳴をあげるなか、篤胤は咲良子の前にすっと立った。

同じように夏之丞も同郷の女子を守るように帝国軍人と対峙した。

「牝豚ども、黙りなさい」

頭一つぶん背が高い、彫りの深い顔の女が罵声を浴びせた。腰には太刀《たち》を帯刀していた。その兵士の背後から、さらに二十名ほどの兵士が現れた。手には鞭を携《たずさ》えており、すぐに篤胤の周りを取り囲んだ。

何が始まるんだ。篤胤は警戒した。注射のことなどすっかり忘れていた。

さらに白衣を着た医師らしき女も数名現れた。

彼女らに従う看護婦は明らかに日本人の少女たちだった。首輪を嵌められ、ピンク色のナース服は股下スレスレという超ミニのスカートだった。

一同は別室に連行された。そこには怪しげなトレイが載せられた台と鉄製の重たげな内診台があった。

「これから身体検査をするわよ。さっさと服を脱ぎなさい」

剣を持ったリーダー格の女が嘲笑しながら言い放った。

「いやーッ！」

篤胤の近くで一人の少女が泣きだした。

「こっちに連れておいで！」

「承知しました。エヴァ様」

リーダーはエヴァという名前らしい。命じられた女兵士がその少女を無理やり連れ出した。

篤胤は彼女のことを知っていた。

広島県の子爵の娘で、才媛と呼ばれている波羅幸子《はらさちこ》だった。年齢は姉の瑠璃子と同じ十七歳。いつもは沈着冷静な美少女だが、今はパニックに陥っているのだろう。

「いやぁ！　離して！」

エヴァは片眼鏡《モノクル》を着けた。眼鏡のレンズが緑色に輝き、何やら投影されているようだった。

「波羅幸子。牝十七歳。身長百六十二センチ。体重四十八キロ。スリーサイズは八十六・五十七・八十五センチ……間違いはないかしら?」

「……」

幸子は絶句した。どうやら正確な情報らしい。

「牝豚ランクはAだけど、従順度が予想よりも低かったからBランクに降格ね」

「訳のわからないことを言わないでください」

幸子が口答えするやいなや派手な音が響き、とたんに少女の顔がそっぽを向いた。エヴァが平手打ちをしたのだ。

「敗戦国の娘たちよ、よくお聞き!」

あたりが静まり返る。

敗戦という言葉を改めて噛み締めた。三十年前に帝国に屈したのは紛れもない事実で、その陰惨な歴史は初等部の子供たちでも知っている。

「おまえたちが華族の令嬢として大切に育てられたのは、帝国貴族の牝奴隷として飼われるための下準備だったのよ」

その言葉への反応はさまざまだった。

絶望してその場にうずくまる者、状況が把握できず呆然としている者、あるいは権力者をひたすら睨みつける者……。篤胤は身分からいって彼らの代弁者になるべき立場だった。

「……帝国と我が国の間では、三十年前に平和条約が締結されています」

「教科書にそう書いてあっただけでしょ？　敗戦国は本来どうあるべきかその目で見るといいわ。このBランクの牝豚を使って教えてあげる」

そう言ってエヴァが顎をしゃくると、部下が幸子の服をあっというまに脱がせて内診台に座らせた。

そして両手足を革枷に繋いでしまった。上半身が固定されるように腹部にもベルトが渡された。

「いやぁ！　外してぇ！」

幸子は近くにいた同胞の看護婦に向かって懇願した。しかし、彼女たちは目をそらし項垂れたまま内診台に設置されているレバーを回転させた。すると、左右の脚置きが次第に広がっていく。

「あぁッ、いやッ！　こんな恰好、恥ずかしくて死にたい」

たちまちのうちに秘密の花園を完全にさらけ出す姿勢になった。

十七歳にしては意外と濃い陰毛が大陰唇にまで広く分布していた。その姿勢でも縦割れはほとんど開いておらず、桃色の一本線を描いているだけだった。

「ほら、男子も見ているわよ？」

「ひい！」

「舌を噛む？　婚約者以外の男に見られたら、それだけで傷モノ扱いじゃない？」

篤胤たち少年たちは居たたまれなくなって視線をそらした。

「見ろと言っているのよ。目をつぶったり、顔を背けたらお仕置だからね」

しかし、それでもたいていの者は従うことはできなかった。そんなことはとうに承知しているエヴァは言葉を付け加えることを忘れなかった。

「ランクが格下げになった娘の家は、華族の等級も下がるからね」

その言葉に篤胤たちは身を震わせた。思い当たる節があったからだ。

いきなり華族身分を剝奪された一家の末路は悲惨の一言に尽きる。婦人や娘たちは娼婦として花街に売られ、当主は斬首された。さらに息子たちは去勢され、一家の復興は二度と望めなかった。

選抜生たちは仕方なく充血した目を幸子の裸身に向けた。

女医は幸子の見事な乳房を揉みたてながらいかにも愉快といったように説明した。

「おまえたちが牝豚だとわかるように処置をしてあげる」

看護婦が女医にメスを渡した。

「いやーぁ、もうやめてください！」

幸子は狼狽して顔を振り乱したが、四肢を拘束されていては身動きできなかった。女医の狙いを知っている看護婦がレバーを回すと、座面がさらに前に突き出した。まるで解剖されるカエルのような姿勢になってしまう。

「さあ、始めるんだ」

看護婦が泡立てたシャボンを幸子の恥丘に塗りたくった。しばらくすると、白い泡が黒く変色した。そしてそれを丁寧に取り除くと、先ほどまであった春草が消えていた。それを見た女子の中で思わず悲鳴を呑み込む者もいた。

「目をそらすんじゃないよ。おまえら全員ツルツルのオマ×コになるんだから、自分の未来をしっかり見とくんだよ」

リーダーのエヴァにならって兵士たちが鞭で顔を背けた少女を打ち据えていく。少女たちは涙を流し、突然の出来事にショックを受けて気が動転しているようだった。

無毛になっていっそう無防備になった割れ目を女医が開くと、クリ包皮を摘まみ上げてメスを這わせた。躊躇なく根元まで切れ込みを入れ、慣れた手つきでクリ包皮を切除してしまった。

小さい陰核が剝き出しになった。血がわずかに滲んだが、看護婦がすぐにスプレーを吹きかけると、傷口がすぐに塞がった。元々そこにはクリ包皮などなかったかのように、陰核が他の媚肉と同じようにピンク色に輝いていた。

女医が剝き出しになった陰核に指を這わせながら訊《たず》ねた。

「痛くないでしょ？」

「あ、あああ……」

「聞かれたことには答えなさい！」

女医が陰核に爪を立てて摘まみ上げた。

「あうッ！　い、痛いッ！」

痛みに耐えかねた幸子は、頰に大粒の涙を流している。

「Aランクだったらここで終わりだけど、おまえはBランクだからもう一つ処置をしないとね」

女医は看護婦から注射器を受け取ると、液体を陰核に注入していく。すると、みるみる肉豆が肥大しはじめた。幸子は顔を左右に振り乱しながら悲鳴をあげた。注射は三本も施された。その結果、少女の股間には小学生男児の陰茎とほぼ同じ大きさの陰核ができ上がった。

あまりの異常な光景に、篤胤は絶句するしかなかった。

内診台から降ろされた幸子は、兵士に両脇を支えられて別室に連れていかれた。

「いつまで呆けているんだい」

エヴァが鞭で少女たちを打ち据えた。

「男子以外は、さっさと服を脱ぐんだよ。牝豚どもめが」

＊

女子全員が裸になった。

名前を呼ばれた者は、嗚咽をこぼしながら自ら内診台に上がって股を開いた。

それから永久脱毛処理とクリ包皮割切除を施された。

「この牝豚は粗相をしでかしています」

中学生くらいの美少女が脱いだ絹製のパンティはぐっしょりと濡れていた。

「尿道の処置もしないとならないようね」

「ああ……注射はもうしないでください」

少女はあまりの恐怖に失禁してしまったのだ。粗相をした娘も数人いたのだが、彼女たちは規定の処置以外にも尿道付近に注射が追加で施された。

「この注射をすると、尿道括約筋がバカになるの。どうなると思う?」

「わかりません……あぁ、変な注射はやめてください」

「尿意が我慢できなくなってオシッコが漏れるようになるのよ。お漏らし娘にピッタリね。お前には少し多めに入れてあげるわ」

少女の悲痛な叫び声を聞くと、篤胤は咲良子と繋いだ手の震えが止まらなかった。もし、咲良子がいなかったら、短刀に手をかけていただろうか。そう自問自答した。

「次、胡桃澤咲良子。牝十四歳。子爵の三女。身長百五十六センチ、体重四十二キロ。スリーサイズは上から八十一・五十七・八十センチ。牝豚ランクAAA《トリプルエー》」

「返事は?」

「は……はい」

「こっちに来るんだよ」

女兵士が咲良子を引き立てていく。

「待ってくれ！」

篤胤が前に出ようとするのを銃を携えた女兵士が遮《さえぎ》った。

咲良子が後ろを振り返り、篤胤に手を伸ばした。篤胤も身を乗り出して、必死で手を伸ばしたが、空《くう》を掻いた。

「……助けてぇ」

内診台の上で咲良子は手足を拘束された。

白い肢体が黒い内診台の上で輝くように浮かび上がる。華奢な身体は柔和な丸みを帯びはじめていた。M字開脚にされると柔らかそうな太腿の付け根に鼠径《そけい》部の筋が走る。

乳房の膨らみもなかなかのサイズで、暴れるたびにバウンドした。だが、内診台の背もたれが前に突き出されると、前に乳房を突き出すかっこうになった。股間の翳りは薄く、幼く見えた。

ぷっくりと膨らんだ二枚の肉畝が露《あらわ》になった。小陰唇は未発達なのか、縦筋さえ見えなかった。だが、そこを女医が強引に押し開く。

「あらまぁ、この娘。オナニーをしたこともないのね。恥垢とクリ包皮が癒着してるわ」

「くひぃ、痛い……触らないでください」

「貞女の鑑ね。ちょっと痛いだろうけど、剝いてから牝奴隷とわかるように割礼《かつれい》しましょうか」

咲良子を担当する女医は猫撫で声でそう言いながら、クリ包皮を力任せに剝き上げた。

「いぎぃッ！」

目を見開いて、咲良子は天井を仰いだ。

女医は咲良子の花園を覗き込むと、肉豆にまとわりついた白い恥垢を指の腹で削ぐようにして剝がしていった。

「あなたのようにオナニーさえ知らない娘は永遠の処女のままにしてあげるわ」

「……どういうことですか？」

「すぐにわかるわ。まず、その前に童女のオマ×コにしましょうか。きっとあなたには似合うわよ」

「ああ、いやです。せっかく生えたばかりなのに……どうか許してください」

咲良子はその美貌を屈辱と恥辱に歪めながらも懸命に哀訴した。

しかし、咲良子の股間にも永久脱毛クリームが塗られ、他の少女たちと同じように無毛性器にさせられた。さらにクリ包皮割礼へと続く。

「ほーら、パイパンのほうが似合っているわ。もう二度と生えてこないのよ？」

「あ、あうぅ……そんなぁ」

「さて、次は注射をして純真無垢な身体にしてあげる」

女医が咲良子の割れ目を強引に開いて膣穴を晒した。

「開きなさい」

「はい」

看護婦の手にはクスコが握られていた。銀色の鈍い光を放つステンレス製の医療器具だ。それを注意深く挿入しようとしていた。

日本人の看護婦は手を震わせ、明らかに緊張していた。

「処女膜を傷つけたら、おまえの一族を抹殺するわよ？」

「ひぃ……どうか、お許しを」

「ミスをしなけりゃいいのよ。さぁ、おやりなさい」

どうやら看護婦の少女たちも人質を取られているようだ。平民出身なのだろう。顔立ちは可愛らしく純朴だが、少し野暮ったさもあった。

「ああ、やめてぇ……」

咲良子は首を振って懇願した。

「堪忍してください、お嬢様」

看護婦の少女はクスコの先端を五センチほど入れ込むと、ネジをまわしてペリカンの口を開いていった。

当然、咲良子の膣は強引に口を開けることになる。その拡張感は恐怖以外のなにものでもなく、絹を裂くような悲鳴をあげた。

「ちょっと痛いけど、我慢するのよ」

女医が股座《またぐら》を覗き込み、針の長い注射器を膣内に忍び込ませていく。

「やめてください……ひぃ、そんなところにどうして注射なんて……痛いッ」

「どんなときでも楚々《そそ》たる風情《ふぜい》を見せるように教育されてるんでしょう？」

揶揄しながら女医は薬液を注入していった。しかも、何カ所か分けて刺しているようだった。

女医は嘲《あざけ》るような口調で医療行為を説明した。

「これはナノ細胞を増殖させる薬よ。半永久的にその部分に影響を及ぼすの……つまり、処女膜が破けても、一晩寝れば元どおりに戻るというわけ。素敵でしょ？」

その説明を受けても咲良子を含めて多くの少女たちは理解できなかった。この場に男性経験のある女子がいなかったからだ。男子である篤胤にはさらに意味不明だった。

しかし、未来の妻の身体を弄《もてあそ》ばれていることには怒り心頭に発した。

「やめろぉ！」

篤胤は叫んだ。すぐに兵士が彼を取り押さえた。

エヴァもやってきて、篤胤の両手を背後に捻り上げた。

「あなたたち、オトメは牝豚の次だから、おとなしくしていればいいの」

「乙女だって？　僕は……僕たちはれっきとした男子だ……」

他の男子も同調しようとしたが、銃口を向けられると押し黙るしかなかった。

「白百合が送られきただろう？　誤配でもなんでもない。白百合が送られたのはそれが正しいからよ」

「な、なぜだ？」

「そりゃ、お前らが可憐な容姿に恵まれているからさ」

女顔や華奢な身体に劣等感を抱いている少年たちは顔が蒼白となった。

彼らを華族女子学園に編入させることが明らかになったからだ。

エヴァはさらに言い含めるように説明する。

「男の牝と書いてオトメと読ませるのよ」

「男の……牝……」

篤胤は愕然とした。

「牝豚の次はおまえたち男牝《おとめ》奴隷の番よ」

エヴァは背後から篤胤のペニスを握った。

第二章　姉妹の禁断口唇奉仕

　女子たちの身体検査と牝処置がすべて終わった。

　裸体の彼女たちは両手を背中で縛り上げられ、細い首には黒い首輪が嵌められていた。

　首輪には純金製のプレートに象嵌《ぞうがん》が施され、「処女奴隷・ＡＡＡ／胡桃澤咲良子牝十四歳」とか「牝豚・ＡＡ／丹下裕彌子《たんばゆみこ》牝十二歳」「牝豚・Ａ／真宮寺千佐子《しんぐうじちさこ》牝十七歳」「お漏らし牝・ＡＡＡ／館花夏子《たちばななつこ》牝十六歳」などと記されていた。

　ちなみに、処女奴隷とは自慰経験がなく永久処女膜再生処置が施された者たちのことを指す。また、お漏らし牝とは恐怖のあまり失禁してしまった少女たちのことだった。

「おまえたちの首輪だよ」

学ランを着たまま取り残されていた七人の少年の前に首輪が差し出された。

篤胤はそれを見て喉を震わせた。

赤い革製の首輪でプレートはピンクゴールドだった。そこには「男牝奴隷・ＡＡＡ／白藤篤子《あつこ》牝十五歳」と記されていた。

「なッ!?」

篤胤よりも先に他の男子たちが騒ぎはじめた。

「俺はそんな名前じゃない！」

「もう家に帰してくれ！」

「お黙り！」

たちまちのうちに彼らは鞭で打たれた。

篤胤を押さえているエヴァがうんざりした顔で呟いた。

「男のほうがピーピーとうるさくてかなわないわ。甘やかされて育ったぶん、堕ちたときには女以上に女らしい牝奴隷になるんだけどね」

エヴァが嘲笑を浮かべていると、女兵士が近づき敬礼をした。

「準備は整いました」

「じゃあ、連れていらっしゃい」

「かしこまりました」

女兵士はすぐに走り去り、奥の扉を開けた。

頭巾《ずきん》を被ったセーラー服姿の少女が七人入ってきた。

手枷足枷はされていなかったが、何も見えず首輪から伸びた鎖を引っ張られ、転倒しそうになりながらも歩かされた。

セーラー服はクリーム色の冬用で白色のスカーフと赤色のスカーフの者がいた。また、濃紺のスカートは股下数センチほどの短いものだった。平民の中高生のスカートよりも十五センチは短く、娼婦が着用を義務づけられているミニスカートと同等かそれ以下だった。

容姿はわからないが、胸元の膨らみやプリーツスカートの襞を押し拡げる臀部のボリューム感からはすでに女の色香が漂っていた。

ただ、篤胤の前に立った少女だけは例外だった。

彼女は身長が百四十センチ前後くらいの小柄で、背中には平民の女児が背負う赤いランドセルを背負っていた。

「牝豚ども、新入りに挨拶よ」

「はい！」

威圧感たっぷりにエヴァが言うと、少女たちはキビキビとした返事をした。ただ、それは元気がいいというよりも、厳しい訓練で躾けられた成果のようだった。実際、剝き出しの脚がわずかに震えている少女もいた。

「はじめ！」

「オッパイ！」

エヴァが命じると、少女たちは卑猥な言葉を叫び、セーラー服を捲り上げて乳房を露出させた。

ブラジャーは着用しておらず、張りのある乳房が振動で揺れていた。その頂点には薄桃色の乳首が尖っていた。

純金製のピアスを穿《うが》たれている者もいた。その一人が篤胤の目の前にいる少女だった。彼女だけは慎《つつ》ましい膨らみだった。他の少女たちはお椀形や紡錘《ぼうすい》形など完成されつつある形をしているのに対して、薄桃色の乳首を中心に円錐状にわずかに膨らんでいるだけだった。乳首もいちばん小ぶりであるにもかかわらず、家畜のように太いピアスを貫かれているのが痛々しかった。

篤胤が怯える間もなく、エヴァが再度命じた。

「次は後輩の牝豚たちに挨拶よ」

首輪を携《たずさ》えた女兵士が少女たちに後ろを向かせると、いっせいに声を揃えて卑猥な四文字を叫んだ。

「……オマ×コ」

スカートを捲り上げて、七人の美少女たちは下着を晒した。

飼い主の趣味だろうか、木綿のパンティやら卑猥なTバックやらさまざまなタイプのものがあった。だが、それさえもすぐに膝下までずり下げられてしまう。

「ひぃ……」

咲良子たちの一団から悲鳴があがった。

なぜなら、先輩奴隷も恥丘の毛がなく、のっぺりとした美肌を露出していたからだ。肉畝がはっきりと見えており、中には花弁がはみ出している者もいた。割礼され無防備になった肉芽の桃色がポッチリと覗いていた。

また、篤胤の位置からは七人中五人のお尻が丸見えだった。大小さまざまだが、五人とも美尻の持ち主であった。瑞々《みずみず》しい肌はプリンと後ろに突き出し、白光りに輝いている。

しかし、篤胤の前にいる少女はスカートを捲っていなかったし、パンティを下ろしてもいなかった。

「頭巾を外すけど、一言もしゃべるんじゃないよ。もし、叫んだりしたら、この娘のように立派なクリトリスに改造してやるからね」

エヴァがそう指示すると、女兵士がパンティを穿いたままのもう一人の少女に合図を送るように首輪の鎖を引っ張った。パンティをずらしたとたん、咲良子たち女子が悲鳴を押し殺した。その理由はすぐにわかった。今度は男子のほうを向いたからだ。

その股間には屹立した肉槍が生えていた。異常なほど巨大なサイズで、二十センチほどはありそうだ。さらに異様なのは雁首の裏側にピアスが貫かれていたことだ。左右の乳首のピアスとペニスのピアスがチェーンで三点連結されており、苦しげに腹に向かってペニスが引き寄せられていた。

「おまえたちのものよりも立派かもしれないわね？」

「……」

篤胤たちは何も言えなかった。

エヴァが合図を送ると、七人の先輩奴隷たちの頭巾が次々と外されていった。

それを見た少女たちの顔が驚きを通り越して蒼褪《あおざ》めていった。少々のことでは動じない勝ち気な咲良子でさえ、目を見開いて硬直していた。

咲良子が何かを訴えるかのように篤胤のほうを見た。

まるで死者に会ったような顔つきだった。

「じゃあ、男牝《おとめ》たちとの感動の対面よ」

首輪に繋がった鎖で合図を送られると、少女たちは項垂《うなだ》れたまま少年たちのほうに向き直った。その瞬間、少年たちから悲鳴じみた叫び声が湧きあがった。

「多賀子《たかこ》お姉様!」

「薫子《かおるこ》!」

「未華子《みかこ》姉上!」

七人の奴隷は、すべて少年たちの姉や妹だった。

先ほどのペニスを持つ奴隷は兄弟だったのだ。

「悠之助《ゆうのすけ》兄さん!」

篤胤も顔面蒼白となった。

目の前にいたのは、五年前に帝都租界に行った瑠璃子だったのだ。

黒い髪は腰にまで達し、顔も小さく、大きい瞳、筋の通った鼻、長い手足は当時のままだった。天使のような美少女である。

昔、十歳の篤胤にとって姉は背も高く大人びて見えた。

しかし、目の前にいる瑠璃子は成長しているようには見えなかった。姉がこんなに小さかったことに驚いたほどだ。

「ほら、挨拶をなさい」

エヴァが命じると、少女奴隷たちは肉親の前で、口々に自己紹介を始めた。

「牝奴隷・AA／グレンフォード家所有物・多賀子・牝十八歳」

「JC肉人形・A／マッキャン家所有物・薫子・牝十四歳」

「処女奴隷・AA／サイフォン商会所有物・未華子・牝十七斎」

「男牝奴隷・A／シャンティ家所有物・悠子《ゆうこ》・牝十六歳」

そして、篤胤の前の少女も可憐な声で名乗った。

「ロリータ牝奴隷・AAA／瑠璃子・牝十二歳」

そう言って瑠璃子はスカートを持ち上げた。

彼女が着用していたのはパンティではなく紙オムツだった。白地に可愛らしい小花模様が散りばめられたデザインだった。

篤胤の脳裏に五年前に瑠璃子と別れたときの言葉が浮かび上がった。

「私ね、一日も早く大人になって国のお役に立ちたかったの。今回の選抜では最年少だけど誰にも負けないわ……篤胤も咲良子ちゃんと仲よくするのよ」

全身の血が沸騰し、目の前が真っ暗になった。

＊

男牝奴隷のためにさらに拘束内診台が二つ用意された。

女子のときよりも多種多様な医療器具が用意された。

注射器はもちろん、大量の薬液が入った点滴パック、さらに鋭利なメスや用途のわからない医療器具、そして青色の培養液に入ったウズラの卵のようなもの……。準備の間、エヴァは片眼鏡を篤胤にかけてやった。

眼鏡に写った人間の情報が即座に浮かび上がった。

相手は咲良子だった。

■胡桃澤咲良子
牝十四歳
身長・百五十六センチ
体重・四十二キロ
スリーサイズ：B八十一（Cカップ）・W五十七・H八十センチ

産地：広島県
ブランド：子爵の三女（他兄弟に選抜者なし）
ランク：ＡＡＡ

◎備考

学業成績優秀。品行方正で規則正しい生活。勝ち気なところもあり、華族女子中では委員会などで積極的な面も見られる。華族女子の鑑のような容姿と性格。最上級の牝豚になる素質を有する。

幼少期は子爵家の方針で粗相をしたときに厳しくスパンキングされた経験があり、鞭打ちなどの責めに潜在的マゾ特性があるものと考えられる。

白藤篤胤と婚約関係にあり、貞淑な妻に憧れを抱いている。男牝奴隷の篤胤を絡めたプレイも一興。

「うう……」
「追加事項があるわ」
エヴァが何やらつぶやくと、確かに項目が増えた。

称号：処女奴隷
処置：永久脱毛・クリ包皮割礼・処女膜自然治癒処置

「どういうことだ！」

篤胤は掠れた声で詰問した。

「日本人はペットとして販売され、家畜以下のセックス奴隷になるの。ほら、おまえの姉を見てごらん」

篤胤は無理やり瑠璃子を見るよう顔を押さえつけられた。

すぐに眼鏡のレンズに文字情報が浮かび上がった。

■瑠璃子
牝十二歳（実年齢十七歳）
身長・百四十一センチ
体重・三十六キロ
スリーサイズ：B六十八（AAAカップ）・W五十二・H六十七センチ

産地：広島県
ブランド：公爵の長女（次男・篤胤が隷環三〇年に男牝候補生となる）
ランク：ＡＡ
称号：ロリータ牝奴隷
処置：永久脱毛・クリ包皮割礼・処女膜自然治癒処置・失禁処置・フェラチオ用
　乳歯埋換処置・性徴抑制処置
飼い主：秘匿情報

◎備考
広島県でも指折りの販売額で落札された牝奴隷の瑠璃子は、飼い主様の趣味でロリータ奴隷として飼育育成されている。

　華族牝学園初等部の品評会においては、毎年優秀な成績を修めており、隷環二十六年はオムツ奴隷部門・最優秀賞。隷環二十七年はロリータ奴隷コンテスト春の部・優勝。

経験回数：

オマ×コ　××人／×××回
アナル××人／×××回
フェラ×××人／××××回
公開排尿回数　×××××回
公開排便回数　×××××回

篤胤は涙で経験回数の数字がぼやけて見えなかった。だが、それにかまわず、今度は画像が次々と表示された。

それは瑠璃子がさまざまな帝国人とまぐわったハメ撮りの無修正画像だった。しかも、相手は一人だけでなく、何人もの男とさまざまな体位で交わらされていた。体格のいい帝国人と小柄な瑠璃子の組み合わせは痛々しいものばかりだった。

なぜなら極太のペニスを膣に挿入されて赤い血を流しながら泣いている姿だった。

動悸が激しくなり、息が上がってきた。

右手が短刀を探った。とても冷たく、手にしっくりときた。

「ちくしょー、この野郎！」

そのとき、篤胤の隣で絶叫があがった。

ふと見ると、新幹線で同じ車両だった夏之丞が短刀を抜いていた。刀には血がべっとりと着いていた。

女兵士の手首を切ったのだ。

夏之丞が篤胤のほうに駆けよってきた。

鬼のような形相になり、目は真っ赤に充血していた。さらにエヴァに襲いかかろうというのだ。

振りかざした右手に短刀の刃が輝いた。

しかし、その瞬間、紫電一閃、夏之丞がごぼごぼと口から赤い泡を吹きはじめた。

すると、頭がゆっくりと回転しだした。

見開かれた夏之丞の目が、篤胤を見据えている気がした。

頭が肩のほうにずれていき、首から鮮血が噴出した。

ゴトンッ！

ついに首が落ちた。

まるで首を摑もうとするかのように身体も崩れ落ちていった。

エヴァは靴の音を響かせながら、夏之丞の妹のもとに歩み寄ると、血で染まった刀を振り上げた。

「末代まで恨んでやります」

可憐な声だった。

少女もすぐさまその場に倒れた。

「隷属国に見るべきところは少ないが、日本刀と牝豚だけは私たちを愉しませてくれるわね」

＊

「さぁ、男牝どもも裸になるのよ」

篤胤たちの反抗心は、高畠兄妹の死を目《ま》の当たりにして急速に萎んでしまった。

さらには、高畠家のお家取り潰しが決定した。華族にとってもっとも重い罰である。

（……言うことを聞かないと、家に迷惑をかけてしまう……）

篤胤は懸命に自分に言い聞かせた。

家宝の短刀を女兵士に預け、学ランを脱ぎ、女の前で裸にならねばならない。

いずれくる初夜に備えて男子は裸でも堂々とせねばならない。これまでそう教え込まれてきた。しかし、今は歯の根が合わないほど身体がぶるぶると震えた。

内診台に自ら座らされた篤胤たち六人の男子は、永久脱毛クリームを全身に塗られた。鼻下や顎などの産毛《うぶげ》もきれいさっぱり奪われてしまった。

どの少年も色白な滑らかな肌の持ち主で、女子にも引けを取らない美貌である。骨も細く、肉も薄かった。

だが、少年たちの象徴だけは一人前だった。

「やめてくれ……くひぃ」

「ここだけは立派なのね」

女兵士たちにしごかれて無理やり硬度を増したそれは若々しく起《お》き上がり、天井を衝くように聳え勃《た》った。肉竿には静脈が蔦《つた》のようにうねうねと浮かび上がっていた。

「……姉様、見ないで……」

瑠璃子に懇願した。

しかし、姉は目をそらしてはくれなかった。それどころか、どこか熱っぽく、それでいて悲しそうな目で肉棒を見つめていた。

「じゃあ、始めるわよ」

「かしこまりました」

エヴァの合図に女医たちが頷いた。

女医は少年たちの胸に透明な器具を取りつけた。それはお椀形をしており、乳房のようにも見えた。その器具に何リットルもありそうなパックを繋いだ。

女医が器具の位置を慎重に調整すると、やがてスイッチを押した。

胸全体にチリッとした痛みを感じた。よく見るとお椀形の器具の裏側から髪の毛のように細いものが無数に伸びて、乳首やその周囲に接触していた。

「何をするんだ⁉」

篤胤は思わず叫んだ。

女医は篤胤を小馬鹿にするような口調で嘲笑した。

「変わり種を好まれる貴族のために男牝に造り換えるのよ」

「……造り替える？」

「ほら、少しずつオッパイが膨らんできたわよ」

「えッ⁉」

確かにゆっくりと乳輪の裏側から膨らみはじめているようだった。桃色の乳首も、薬液の影響か光沢《こうたく》を帯びながら肥大化してきている。

「やめて……やめてくれ！」

篤胤や他の少年たちは慌てふためいた。だが、手足は枷で固定されており、上半身を捩《よじ》ることぐらいしかできなかった。もちろん胸に張りついた器具が外れることはない。

エヴァが甲高い笑い声をあげた。

「やめてほしければ、姉妹にお願いするがいい」

「……お願い？」

「教えてやりな」

エヴァは瑠璃子を指名した。

瑠璃子は一瞬だけ項垂れたが、意を決して篤胤に近づいてきた。そして、内診台の下で正座をした。

「どうか、瑠璃子のお口オマ×コでご奉仕をすることをお許しください」

「姉様……何を言っているんだ……」

篤胤は仰天して声が上擦った。あの品がよく、上品な言葉遣いの瑠璃子とは思えなかった。

「ああ、瑠璃子は小学生奴隷でございます……どうぞ、妹として可愛がってくださ い」

「小学生奴隷？」

「ええ、ロリータの姿でご主人様に愉しんでもらう奴隷です」

「……姉様……何を言っているんですか？」

瑠璃子の目に慈悲の念を感じた。それは幼い頃、自分を可愛がってくれた優しいまなざしだった。

だが、瑠璃子が口を開くたびに、頭が混乱してくるばかりだ。

「……どうか、クリペニスをご奉仕させてください」

「なぜ、そんなことを……まるで帝国の手下じゃないですか！」

「ああ……わかってちょうだい。私たちは帝国が所有する戦利品でしかないの……あなたも、そうやって生きていくしかないのよ」

「い、嫌です。そんなのは嫌です。それなら僕を殺してください！」

「ダメよ。あなたの命は帝国のもの。死んだりしたら、お家に迷惑をかけてしまうわ」

眼鏡のモニタで見た瑠璃子の痴態が蘇《よみがえ》った。

彼女は死ぬ自由さえ奪われて、白藤家のために恥辱に耐えて生きているのだ。成長を抑制された子供のままの姿で。

そこかしこで説得が始まっていた。

「諦めてちょうだい……反抗すれば、ひどい目に遭うだけなのよ」

「慣れることはなくても……我慢はできるから……あなたがどんなに変わっても……すべて受け入れるから、怖がらないで」

何人かは苦渋の選択をしたようで、血を分けた姉妹が少年の男根を口に咥えていく。

ところが篤胤には踏んぎりがつかなかった。

（近親相姦なんて家畜にも等しいじゃないか……しかも、咲良子の前だ……）

しかし、そうして逡巡《しゅんじゅん》している間にも、薬液が胸に流れ込み、次第に乳房が膨らんでくる。もう瑠璃子の乳房と大差ないサイズだった。

「ああ、やめてくれ」

「瑠璃子の奉仕を受けてたっぷりと射精しなさい。そうしたら、やめてあげるわ」

女医の囁きに篤胤は首を振った。

「いいのよ。拒否すればするだけ、オッパイが大きくなって牝に近づくことになる。いつだったか、最後まで拒否しつづけてスイカみたいに胸が膨らんだ挙げ句、それが破裂して死亡した例もあったわね。裂けた胸からは肋骨とまだ動いている心臓が見えたわ」

その脅迫にさすがの篤胤も動揺した。

傍らには首を失った遺体がそのままになっている。床には驚くほどの大量の血が広がって異臭を放っている。

(僕もいっそう死んだほうが……)

そんな暗い想いに頭をかすめる。

「お願いだから、許すって言って……」

瑠璃子が強い口調で叱りつけてきた。

昔の瑠璃子だった。反射的に篤胤は弟に戻った。

「ゆ、許します」

間髪いれず、瑠璃子が口を開いて肉棒を咥え込んだ。

弓なりの剛直に沿って、口の中にあれよあれよというまにペニスが呑み込まれていく。半分入ったところで喉に押し当たり、瑠璃子の呼吸が止まるのがわかった。だが、すぐに喉のほうへと入っていった。

ペニス全体が焼けつくような熱さに包まれ、篤胤は身悶えた。これまで味わったことのないような強烈な快感に襲われたのだ。

「んんん」

瑠璃子は柔らかい唇をすべらせ、裏筋に舌を絡めた。窒息しそうな苦しさを忘れようとするかのように舌の動きを激しくしていく。

敏感な縫い目を何度も舌を往復させ、ときに先端でチロチロと舐《ねぶ》ってくる。喉から肉棒を引き抜くと、今度は鈴口を舌で擽《くすぐ》りつつ、唇で雁首の付け根を摩擦した。

目の前で花火が飛び散るような感覚だった。快楽のマグマがすぐに盛り上がってきて、押しとどめることが難しくなる。

「ああ、うぐぅ……だ、ダメです。出てしまいます」

「んん……出していいの……出してちょうだい」

そんなことを言われても、姉の口の中に劣情をぶちまけるわけにはいかなかった。

しかし、初めてのフェラチオの刺激は強烈すぎた。身体中の細胞が一気に覚醒したかのようだった。

「やめて……姉様、やめてください。あひぃん」

内診台に拘束された少年たちは、それぞれ身体を捩りながら少女のような甘い声音《こわね》で喘《あえ》ぎはじめていた。

泣きながら懇願する少年もいた。

「あひぃ、いけません。出てしまいます！」

どれほど我慢しようとも初心《うぶ》な少年たちが、調教された少女たちのテクニックに敵《かな》うわけがなかった。尻穴に力を込めて、会陰の底で渦を巻く快楽の塊《かたまり》をせき止めるのが精一杯だった。しかし、すぐにその快楽の塊は急激に膨らんで破裂しそうになる。

「出る！　あぐぅん」

一人の少年が屈すると、他の少年たちも次々とそれに続いた。

それでも、篤胤は歯を食いしばって我慢した。男は婚約者以外の相手との淫らな行為を禁じられている。それが血を分けた肉親となればなおさらである。

近親相姦が発覚すれば、二人とも華族籍から外され平民以下の身分にされてしまう。同性愛も同様の運命を辿ることになる。華族では決められた男女との契《ちぎ》り以外は許されないのだ。そのために、一夫多妻制が認められているほどだ。

「瑠璃子姉様……いけない。ああ、本当に出ちゃう」

「あなたの知っている瑠璃子はもう死んだと思いなさい。さあ、牝奴隷の口に存分にお出しください」

瑠璃子は肉棒を両手で包み込んだ。

小さい手のひらはとても柔らかかった。篤胤の記憶にあるのは祭で手を引かれたときに握った瑠璃子の頼りがいのある手のひらだった。だが、今は幼女の手のように心許ない。

瑠璃子は無理やり微笑んだ。白い歯がこぼれたが、とても小さく見えた。その口の中に肉槍が再び呑み込まれていく。

「ああ、ダメだよ……んん」

篤胤は先ほどの激しい快感が再び襲ってくると身構えた。だが、今度は予想を上回る刺激だった。

最初は唇を締めつけているのかと思ったがそうではなかった。なんと瑠璃子の歯が肉竿に強く押しつけられていたのだ。本来ならそれで痛みを覚えるはずだが、グミを押しつけられているような心地よい刺激だった。

不思議そうな顔に気づいた女医がそのからくりを説明した。

「彼女の歯は全部抜歯して、フェラチオ用に開発された柔らかい乳歯を代わりにインプラントしたの」

「んぐぅ、な、なんてことを……」

惨《むご》い仕打ちを姉が受けているというのに、海綿体にさらに血が集まってくる。自分で自分の反応が許せなかった。

瑠璃子が小さい頭を前後に揺するたびに、何ともいえぬ極上の快楽が全身を貫く。

「んぐぅん！　で、出るッ！」

篤胤は弾かれたように腰を突き出すと、夢精よりも強烈な射精を開始した。

尿道が灼《や》けるような衝撃が走り、内診台がミシミシと軋むほど身体を痙攣させた。

上半身が揺れるにつれ、自分の乳房が弾むのを感じた。

ドピュッ、ドピュと次々と重たい精液の塊が吐き出される。

あまりの勢いに自分でも唖然とするほどだった。

「ンぷっ、んん、あぁ、たっぷり出てる」

瑠璃子は喉を鳴らしながら、熱心に飲み干していった。

あまりの衝撃に視界が暗転する。

「うおおおお」

篤胤は吠えた。

このまま地獄に堕ちて二度と目が醒めないでくれと願った。しかし、やがて射精も終わり、その後、気怠《けだる》くなって視界もはっきりしてきた。

エヴァが嘲笑を浮かべていた。

「牡として最後の射精はどうだったかしら？」

「……最後?」

女医がメスを持って近づいてきた。そして無造作に睾丸を摑まれた。

「男牝奴隷の精巣に取り替えましょう。怖がらなくていいわよ。無精子になるけど精液は今までの五倍以上は産出されるし、ホルモンも心配ないわ……もっともこれからは女性ホルモンに変わるけど」

「え!? ちょっと待ってくれ……こっちに近寄るな!」

篤胤は悲鳴をあげたが、看護婦にすぐに猿轡《さるぐつわ》を噛まされた。あたりを見回すと、他の少年たちも同じように猿轡をされていた。そして拒絶するまもなく、陰嚢にメスを入れられ丸々とした睾丸を摘出されてしまった。その代わりに培養液に入った新たな精巣を精管に繋がれるのだった。

第三章　木綿パンティと屈辱の童貞剝奪

「今日から男牝奴隷《おとめ》の篤子として生きるのよ」

エヴァは口の端を歪ませて宣告した。

篤胤の胸に装着されていたパットが外されると、プルンと乳房が躍り出た。かなりのサイズだが、まだ青い果実のような乳房で、頂点には透き通るような桃色の乳首が尖っている。

その乳房をエヴァが鷲摑みにした。

「痛いッ」

乱暴に玩弄《がんろう》されるたびに、篤胤は身を捩《よじ》った。

「立派なオッパイになったわね。これから揉まれてもっと大きくなるわよ」

「いやだぁ……」

エヴァは名残惜《なごり》しそうな顔で乳房から手を離した。

ほんのりと赤くなった乳房は冷たい空気に触れ、急に心地よさを感じてしまう。

自分の胸に造られた乳房を拒絶するように身体を捩ると、それは瑞々《みずみず》しく弾むのだった。その生々しい重みに絶望するしかなかった。

さらに首には「篤子」と印字された首輪が嵌められた。

「僕の身体を元に戻してくれ！」

言い終わるやいなや、首に鋭い電流が走った。

「いぎゃあ！」

篤胤は身体を仰け反らせ、低く呻いた。

「女言葉で丁寧にしゃべらないと、自動的に電気が流れることになっているから注意することね。今からお前は『篤子』になったの。わかった？」

そう言うとエヴァは、嫌がる少年たちの首に次々と首輪を嵌めていった。

全員の胸に見事な乳房が完成していた。

「ふふふ、どのくらい大きくなるか愉しみね」

「ああ、嫌だぁ……あぎゃああ！」

「奴隷には拒絶などないの。今後はどんな命令でもハイと応えるのよ」

エヴァは冷笑を浮かべながら宣告した。そして、少し残念そうに奴隷検査の終わりを告げた。

今度はメイド服を来た日本人少女が入ってきた。

彼女たちは自分が担当する選抜生がわかるようで迷うことなく近づいていく。

瑠璃子が「篤子」に呟いた。

「……逆らおうなんて思ったらダメ。さっき誰かが言ってたけど、我慢していればそのうち慣れるわ」

「姉様……くひぃ！」

思わず瑠璃子をそう呼ぶと、またも電流が全身を貫いた。

瑠璃子はそっと顔を伏せた。弟にかける言葉も出てこないようだった。

メイド服の少女は瑠璃子のそばにもやってきた。

「それでは参りましょう。新しい妹が到着したので」

メイド少女は嘲笑を浮かべていたが、瑠璃子はいっそう悲しげな顔をした。「妹」とは新たな生贄《いけにえ》少女のことにちがいない。

瑠璃子は篤子のほうを振り返って念を押した。

「私はあなたがどんなになっても受け入れるから、そのことだけは忘れないで……」

瑠璃子は首輪にリードを嵌められ、メイドに連行された。

それは咲良子たち他の女子も同じだった。

その場でへたれ込んで歩けない者もいたが、そのたびに首輪に電流が走るようで弾かれたように立ち上がり、どことも知れぬ場所へと消えていった。

少年たちも次々と追い立てられ、やがて篤子だけになった。

しばらくして背後から呼ぶ声があった。

「よろしいでしょうか？」

篤子の内診台のそばにいつの間にか一人のメイド少女がいた。同《おな》い年くらいの少女で、可憐な顔立ちをしていた。どことなく妹の一人に顔立ちが似ていた。少女は篤子の拘束を解くと、手に鎖のリードを掲げて見せた。

「これは規則ですので」

鎖を首輪に接続され、引っ張られた。

「私は早苗《さなえ》と申します。篤子お嬢様専属のメイドとなります」

名前からして平民の出だろうが、白い頬から優美な曲線を描いて細い顎へと続く輪郭、つぶらな瞳と嫌味がない鼻、さらにはさくらんぼのような唇が印象的だった。そして、どことなく気品が滲み出ていた。

「僕は……いぎゃあぁ」

気を抜くとすぐに電流が襲ってくる。

「早く女の自覚を持ってください」

このおぞましい施設には部屋がたくさんあった。驚くことに部屋は移動するようだった。早苗によれば、それは帝都租界の地下に繫がっているという。目的の場所に瞬時に移動できるとのことだった。

実際にたちまち衝撃も振動もなくどこかに到着したようだった。

「ここは貴族の領地になっています」

扉が開くと、そこにガラス張りの広い部屋があった。調度品は一流だったが、そこには荘厳な馬車があった。馬車と言っても、人間、しかも日本人の少年たちが繫がれていた。みな上半身は裸で背中には生々しい鞭らしき傷跡が刻まれていた。口には猿《さる》轡《ぐつわ》が嵌められていた。

馬車は黄金で装飾され、キャリッジタイプの四輪だった。篤子は早苗とともにそこに乗り込み、帝国の御者《ぎょしゃ》が鞭を打った。少年たちは低い呻き声をあげ、ゆっくりと馬車が動きだした。

領地から出ると、そこは帝都租界の都市が広がっていた。

街は壮観な眺めで圧倒されるばかりだった。それでいてどこかノスタルジーを感じるのは、街が敗戦前の日本の首都に似ていたからだ。写真で見たことのある和洋折《わようせっ》衷《ちゅう》文化が花開いた時代を連想させた。

意外なほど日本人の姿を見かけた。給仕、新聞売り、靴磨き……。ただ、美しいメインストリートを歩くのは浅黒い肌の帝国人のみで、日本人は狭く薄暗い路地をひしめき合うようにして歩いていた。

そんななか、馬車に乗っている篤胤はかなり目立つ存在だった。

剝き出しの胸に気づいて慌てて両手で覆い隠した。

「いけません。今日はお披露目なのですから」

早苗はそう言うと、有無を言わさず篤子の手を後ろに回し、枷で括《くく》り上げてしまった。

さらに椅子の下にあるスイッチを押して、椅子を一メートルほど上昇させてしまった。その結果、いっそう群衆にお披露目されることになる。

御者がラッパを吹いて注意を引くと、早苗が立ち上がった。

「広島県の公爵の次男・白藤篤胤改め男牝奴隷・篤子様のお通りぃ！」

早苗は美声で少年奴隷を喧伝《けんでん》した。

聴衆の視線が一気に集中する。篤子に同情するような空気は皆無などころか、むしろ敵愾心《てきがいしん》を剝き出しにしていた。

「華族としてぬくぬくと育てられたのは今日までだぞ！」

「恥を知れ！」

「本物の貴族様に尻の穴を犯されろ！」

罵詈雑言《ばりぞうごん》の嵐だった。

そのとき、一人の物乞いと思《おぼ》しき老婆が駆け寄ってきたかと思うと、その場で転倒しながらも金切り声を発した。

「お前ら売国奴が華族だなんて認めないよ！　日本はおまえらのせいで負けたんだ!!」

老婆の呪詛《じゅそ》が街全体を包み込みかのようだった。飲んだくれた酔っぱらいも物売りの少女たちもそれに同調した。篤子には同じ同胞とは思えなかった。

「牝奴隷よりも可愛いとはどうかしてるぜ。本当にチ×ポがついているのか？」

「チ×ポなんてすぐに切り落としてしまえ！」

「この恥さらしめ！」

御者はわざと手綱《たづな》を引いて速度を緩めた。

「男牝奴隷・篤子様。牝十五歳。この春より華族牝学園・高等部一年にご入学！」

彼らにかまわず早苗が高らかに宣言する。

「華族の男子なら、男子校で命を捧げろよ。このオカマめ！」

「女子校にチ×ポをつけたまま通うなよ！」

「おい、見ろよ。アイツ、勃起してるぜ」

篤子は太腿を寄せ合わせて隠そうとしたが、ムクムクと下半身が膨らみ天を衝くようにそそり勃《た》った。

「見ないでくれ！　あぎゃあああ！」

またも首輪に電流が走った。しかし、なぜか身体がますます火照ってきてしまう。脊髄になぜか心地いい刺激が広がり、それと同時に海綿体が膨張していく。

「お嬢様が恥ずかしさや悔しさと感じると、首輪から快楽増幅剤が注入されるようになっています。さあ、もっと恥ずかしい思いをしましょうか」

早苗が篤子の足を大きく開かせ、椅子の下にある枷で固定した。それでも篤子は上半身を倒して、下半身を隠そうとした。

「危ないですよ」

手枷を引っ張って椅子の後ろに回され、胸を張って椅子の下に足を折り曲げる姿勢になった。

「ああ、見ないでくれ！　あぎゃああ！」

「痛みでも快楽が増幅するので、お気をつけください」

「見ないでください。ああ、見ないでぇ！」

＊

その後、帝都租界の都心部から離れて、郊外へと進んだ。

目の前には田園風景が広がっている。三月だというのに葡萄《ぶどう》畑からいい薫りが漂っていた。

やがて巨大な湖が見えてきた。ドームから差し込んだ太陽の光を受けて、水面がきらきらと輝いていた。そこを正体不明の巨大な魚の背びれがすーっと泳いでいく。

その湖に突き出すようにして美しい城が聳え立っていた。

堅牢《けんろう》にして華麗な建造物だった。

城を囲う城壁には馬車にあしらわれた紋章と同じ旗が掲げられていた。

「今日からこの城で飼われるのです」

城へと続く道にはメイド服を着た少女がずらりと並んでいた。どの娘も負けず劣らず器量よしだった。

城に近づくにつれメイドたちのスカート丈が伸びていくことに気づいた。次第に気品を備えた佇《たたず》まいになっていく。どうやらランクがあるようで、それに従って服装にも細かい規定があるようだった。

しかし、篤子にはそんなことを気にしている余裕はなかった。

(……僕はここでいったいどうなってしまうのだろう?)

城の内部はこれまた豪華絢爛《ごうかけんらん》だった。調度品は西洋だけに留まらず世界各国の品々が並んでいた。まるで複数の王国が融合したかのように思えたが、それは帝国が侵略した国々から略奪したのだろうから、あながち間違いではなかった。

中には日本刀も日本絵画も見られた。そして、篤子はふと自分もその調度品の一つにすぎないのではないかと思い、ゾッとした。

(しっかりしないと……華族の誇りを忘れたらダメだ)

先ほどあれほど日本人から侮蔑《ぶべつ》されたが、だからといって、広島県の民衆の期待や彼らへの恩が消えたわけではない。少年には背負わなくてはならない責任があったのだ。それを忘れずに白藤家ひいては祖国復興に貢献することが自分の役割でもある。

素っ裸の篤子は心の中では矜持《きょうじ》を失ってはいなかった。悲しいときやつらいときこそ胸を張って生きるよう教えられてきたのだ。最初は虚勢であっても、それがいずれ本物の自信になるときがある。しかし、胸を張って歩こうとすると、どうしても乳房が揺れてしまう。女の身体にされた重みで決意が挫《くじ》けそうになるのだった。

深い溜め息をつくと、首輪に喉を絞めつけられる感覚があった。

(どんな帝国人が待っているんだろう。必ず逃げ出す機会はあるはずだ……)

斬首された夏之丞を思い出したが、復讐を果たそうと誓った。あれだけの日本人がいたらクーデターも可能ではないだろうか。

「こちらがエリーザ様のお部屋でございます。厳しい方なので粗相のないように」

「……」

早苗はやけに高い扉をノックした。すぐに中から声がした。

「入りなさい」

扉を開くと一目で高価とわかるソファにしどけなく腰掛けている女がいた。若々しい女性だった。黒曜石を思わせる漆黒《しっこく》の肌と青い瞳が印象的だった。帝国人の特徴である豊かな金髪は優雅にうねっている。ただ、その髪の毛は陽光を浴びた御影《みかげ》石に似た静謐《せいひつ》で寒々しい輝きを放っていた。

彼女は緩やかな絹のローブを纏っており、豊かな肢体を惜しみなく晒していた。足元にはメイド少女が二人傅《かしず》き、靴に舌を這わせていた。

その地位と階級を示す物は手に持った杖だけである。しかし、威厳を示すにはそれだけで充分だったのだ。

（女性だったとは……日本の華族制は帝国の貴族制度を真似たものだから、当然、当主は男だと思っていたけど……）

男ではないことに少し胸を撫で下ろしたが、エリーザの気怠《けだる》そうな視線には早くも嫌な予感がするのだった。

「入荷日は今日だったわね」

エリーザがそう言うと、早苗が背筋を伸ばして「商品」を紹介しはじめた。

「広島県の公爵家次男。男牝奴隷の篤子様をお連れしました。乳房はDカップ。牝睾丸の移植済みとのことです」

牝睾丸とは、あの培養液に入っていた物体のことだろう。陰嚢を切り裂かれたときの激痛はすでに治まっている。ただし陰嚢が二回りほど小さくなっている気がする。

篤胤が唇を嚙みしめていると、エリーザは杖で床を叩き、硬質な音を響かせた。

顔を上げるとエリーザが篤子をじっと見据えていた。長い睫毛が重たそうに瞼を垂らしていた。そこから覗く碧眼から異様な威圧感が放たれている。

それに負けてはならじと名乗ろうとした。

「……白藤家の次男……篤胤。いぎゃあ！」

首輪に衝撃が走った。

エリーザはその姿を見てわずかに微笑んだ。

「うふふ、可愛い坊やね。今春の牡の最高傑作と言われるだけあるわ」

「……」

「入学までまだ二週間あるから、それまでにどこに出しても恥ずかしくない程度には躾けてあげましょう」

やはり冷徹な口調だった。

（帝国貴族の務めが、華族の子女を奴隷に調教することだと言わんばかりじゃないか……）

篤子はまっすぐエリーザを見つめて口を開いた。

「あなたたちを許します」

エリーザの美しい瞳孔が開いた。篤子はそれにかまわず続けた。

「このような非人道的な扱いは間違ってます。ですが、私たちは許します。今すぐにやめていただけないでしょうか」

「首輪に電気刺激はないの？」

目鼻だちの整ったエリーザは驚いたように身を乗り出して訊《たず》ねた。その様子にメイドたちが動揺しているのが窺えた。エリーザがそれほど興味を持つのは珍しいのだろう。

「……」

「すごいわ。まだ、NGワードに指定されていない言葉があるなんて……」

「どういうことだ……あぎゃああ！」

「日本人の分際で私たち貴族を許すなんて言ったのは、三十年目にして初めてだということと」

満面の笑みを浮かべてエリーザは立ち上がった。

身長は優に百八十センチは超えていた。肩幅は日本人男性よりも広い。それでいてローブから剝き出しの二の腕や太腿の曲線は女性的で優美なものだった。また、乳房の膨らみから腰の括《くび》れ、そして双臀の張り出し具合といい、まるで彫刻のように均整がとれていた。

顔立ちも中世の女神のようで、大きな瞳や高い鼻の造形は完璧なシンメトリーとなっていた。

「うふふ、想像以上に愉しめそうね。おまえの牝名を教えなさい」

「……」

篤胤が沈黙したままでいると、首輪に電流が走った。

早苗が助言をしてきた。

「エリーザ様からの質問にはすぐに答えるように」

「反対に正しく答えられたら、ご褒美があるわよ」

エリーザが目を細めて言った。興味深そうな目が恐ろしかった。

「牝名？ そんなものはない。んぐぅ！」

鋭い電流に少年は膝を折ってしまった。今までよりも電流が強く、持続時間も増えていないだろうか。全身が痺れている。息をするだけで気管まで焼け爛《ただ》れてしまいそうだ。

「罰を重ねるたびに電流は強くなるの。強い刺激を受けすぎたら手足が麻痺するわよ？」

「……や、やめてくれ。うぎゃああ！」

首輪を摑んで悶絶した。まるで太い針が首に貫通するような痛みだった。さすがに男としてのプライドを捨てざるをえなかった。

「麻痺したら手足を切断して、本当のペットにしてあげるわ」

「……ゆ、許してください」

「おまえたち日本人は許しを乞う立場だということを忘れないことね」

「……はい」

「おまえの牝名を答えなさい」

「……あ、篤子と申します」

そう答えた瞬間、首にわずかな刺激があった。すると身体の中の血が沸騰するような不思議な感覚があり、萎えきっていた肉棒がむくりと起《お》き上がりはじめた。

「篤子ね。覚えたわ」

エリーザの態度から早苗の説明など聞いていなかったことがわかった。しかし、篤子の地位にはまるで興味がないようだった。

身分は日本人の中でだけ問題になるもので、エリーザにとっては篤子などは変わり種の牝奴隷でしかなかったからだろう。

エリーザは篤子の前で仁王立ちになった。

「早苗、何をするか教えてあげなさい」

「かしこまりました。まず、王女様の靴をお舐めするのです」

「……」

もちろんすぐに実行できるわけがなかった。篤子は今にも電流が走るかとビクビクしたが、どうやら早苗を経由したことで罰が下ることはなかったようだ。だが、猶予が生まれただけで、平伏して靴を舐めなることを回避できたわけではなかった。

エリーザは篤子を見下ろしている。篤子の逡巡や屈辱、恥辱といった心の動きさえも見透かされているような気がした。

そのとき早苗が割って入った。

「お嬢様、失礼いたします」

彼女は膝をつくと篤子の尻をスパンキングした。

「あくぅ！」

「世話係の身分ですが、お嬢様のいたらない点は教育させていただきます」

早苗は再び腕を振り下ろした。少女とは思えない力強さでヒップを叩かれ、尻肉が内側からとろ火で熱せられたかのように疼いた。

平民出身の娘からスパンキングされるという屈辱はじわじわと篤子を苦しめていく。公爵家出身の篤子には耐えがたい仕打ちだった。しかし、一方、首輪からは甘美な刺激が加えられ、肉棒が痛いほど硬くなった。

その現実から逃《のが》れるように、篤子は首を伸ばしてエリーザの靴に顔を近づけた。先ほどまで舐めていたメイド少女たちの唾液の匂いがした。そこに恐るおそる唇を押し当てた。

「舌を出してちゃんと舐めなさい」

「……」

返事をする代わりに、舌で靴の表面を舐めた。しかし、わずかな反抗心を見逃さなかった早苗が尻を二発打擲《ちょうちゃく》した。

「王女様は命じられたのですよ。命令に従うのは当然ですが、その前に必ず服従の返事をしなくてはなりません」

「申し訳ありません……今後は気をつけます」

「今すぐに！」

「うぅ……王女様、どうか……私に靴を舐めさせてくださいませ」

「ゆ・る・す・わ」

――ッ!!

その瞬間、それまでとは比較にならないほどの激しい快楽が身体中を駆け抜けた。

危うく射精するところだった。しかし、そのあとは地獄が待っていた。すぐに快楽は消え去り、凄まじい射精欲に襲われたからだ。

(首輪のせいだ!)

エリーザは爪先をわずかに持ち上げた。よりいっそう熱心に篤子は舐めるよう促《うなが》しているのだ。

「急に熱心になったわね」

「……あ、あくぅ」

篤子が顔を上げようとすると、エリーザは厳しい声で叱責した。

「誰が顔を上げていいと言った?」

同時に稲妻のような電撃が身体を駆け抜けた。篤子は項垂《うなだ》れ、懸命に舌を靴に這わせるしかなかった。革の独特な臭いと帝国人の黒い肌から漂う噎《む》せ返るような体臭が鼻腔を刺激した。

本来なら吐き気を催すほどなのに、射精欲がそれをいい匂いだと勘違いしてしまうようだ。

(さっきの快感は何だったんだろう。身体の中を愛撫されたような感覚だったぞ……くそ、首輪から何かが出ているにちがいない……)

その麻薬的な快楽の反動で、狂おしいばかりの疼きに悶えつづけた。

「出したいんでしょう？」

「……もう我慢できません」

「卑しい子ね。華族の誇りを持ってもっと抵抗するかと思えば、浅ましく射精したいというのだから聞いて呆れるわ」

「うッ……」

篤子は口惜しさを押し隠して平伏した。

「靴舐めには及第点をあげるわ。でも、射精したいと訴えるような男牝には自分の身分をはっきり認識してもらわないとね」

エリーザが背後に控えているメイド少女を呼び寄せた。二人の少女は四つん這いになると、スカートを捲り上げて桃尻を見せた。そこに少女たちより一回りも体格のいいエリーザが悠然と座った。

「新入りに奴隷の作法を教えてやりなさい」

「かしこまりました」

早苗はそう返事をして、篤子の首に繋がっている鎖のリードを引っ張った。

「んぐう」

篤子は顔を上げてエリーザを見た。その金髪がまるで後光のように見えた。

エリーザが両手を拡げると、別のメイドがローブを脱がした。

生まれたままの姿が晒《さら》された。黒光りするような肌には皺一つなかった。メロンのように巨大な乳房は乳腺が張っているようで前に突き出していた。

篤子の親指ほどもありそうな乳首も光沢を帯びて褐色に輝いていた。

異国の女性の裸体は何か神々《こうごう》しいものがあった。

(いや、そんなはずはない……変な薬のせいで錯覚しているんだ)

首輪は着用者を従順にさせる薬液を放出させる機能もあるのだろう。ただでさえ童貞の少年にしてみれば女体の魅力は強烈なのに、帝国の皇女であるエリーザの美しい裸体は畏怖《いふ》さえ感じさせた。

「次はここよ」

エリーザが長い脚を開いた。恥丘には黄金の稲穂が密集していた。陰毛はうねるように生えていて、一本一本がしっかりと自立しているかのようだった。

早苗がさらに首輪を引っ張ったので、篤子は上半身を起こすことになった。

篤子の分身は腹を打たんばかりに先端を上下に揺らしていた。

「下を見てごらんなさい」

「……はい」

「何が見えるかしら？」

「お、オチ×チンです」

「ふふ、目の前に見えるものがあるんじゃないかしら？」

「……オッパイです」

エリーザの矢継ぎ早の質問に篤子は素直に答えるしかなかった。

指摘どおり乳房の合間から自分のペニスが見えた。乳白色の肌色と同じ少年らしい色合いをしている。剝き出しになった亀頭はまだピンク色で初心《うぶ》であることの象徴に見えた。しかし、サイズは十五センチほどあり、太さもあった。

「そのDカップの薬液の効果は一年くらいしか持続しないの。だから、何もしないと元に戻るわ」

「ッ!?」

篤子にとって予測だにしない言葉だった。

（もしかして、僕は一年後には男に戻れるってこと？……でも、そんなことが可能なのだろうか？）

疑うような視線を投げかけた。

「あら、意外と警戒心が強いのね。じゃあ、特別に教えてあげましょうか」

「……」

「新しく入れた牝睾丸は女性ホルモンを生成することになっているの。射精のたびに牝睾丸が刺激されて女性ホルモンを大量に作るというわけ。だから、男牝奴隷は一年もたてばＥカップくらいバストアップすることになるの」

「あ、ああ……」

篤子は乳房を抱いて身悶えした。女性の乳房に触れたことはないが、自分のものとは思えぬ柔らかさと弾力だった。そして、またも背筋に快楽電流が走った。

さらにいっそう肉棒が弾んだ。

「あと、そのさもしいものはクリペニスと呼ぶようにね」

エリーザは手にしていた杖の先を伸ばし、鞭を引き出した。それで篤子は急所を打たれ、悲鳴をあげることとなった。

「さあ、奉仕をするのよ」

＊

「男牝奴隷の篤子はエリーザ王女様の花園をクンニご奉仕して、お楽しみいただきます」

篤子は早苗から教えられた口上《こうじょう》を述べた。もしかしたら許してくれるかもしれないと期待したが、エリーザは冷笑を浮かべたまま頷《うなず》いているだけだった。

ご褒美を新米奴隷に与えるつもりはないようだ。

「うぅ……」

篤子はゆっくりと黄金の叢《くさむら》に顔を埋《うず》めた。陰毛を掻き分けると、黒い肌とピンク色の沼地が現れた。だが、悩ましいのは性器から漂う独特な匂いだった。日本人からはあまり嗅いだことのない未知の発酵臭だった。

そのときヒュンと空気を切り裂く音が聞こえたかと思うと、鞭で背中と臀部を打たれた。

「あひぃ、ご奉仕を開始させていただきます。あんん、うむぅ」

篤子は我慢して舐めるしかなかった。剛毛が頬や鼻に突き刺さってくる。今度はそれを避けようと顔を揺らした。

——パシーン！

鞭が尻の谷間に打ち据えられ、会陰と肉棒を打ち据えた。

「いぎゃああ！」

「丁寧に舐めることね。おまえたち日本人と違って、私たちは陰毛にも神経があるの」

「王女様の飾り毛をお舐めください」

見かねた早苗が助け舟を出す。

「は、はひぃ……」

篤子は指示されたように陰毛を舐め、ときおり口に含んで愛撫した。剛毛が口の中で何本か抜けて不快だったが、吐き出すことはできなかった。

ようやくラビアやクリトリスを舐めることを許可されたが、もちろんその最中も鞭で打擲《ちょうちゃく》された。

だが、そのたびに、肉棒が硬く熱くなるのだ。そうしていつしか鞭を待ち望むようになり、お尻を無意識に左右にくねらせるのだった。

「お嬢様、ご奉仕の感想もお願いします」

「王女様の花園は、とてもいい匂いです」

それは意に反した言葉だった。

——ピシーン！

「蜜もとても美味しいです」

――パシーン！

「うぐぅ……王女様にご奉仕ができて、私は幸せ者です」

その返答には興味をそそられたようで、エリーザが質問してきた。

「それは私が女だからかしら？」

「……は、はい。王女様のように美しく高貴な方の奴隷に選ばれてうれしいです」

ここは迎合するしかなかった。そして、それを証明するためには支配者への奉仕に励まなければならなない。

（もし、主人が男だったら、ペニスを舐めさせられたのだろうか……）

不幸中の幸いと言うには、あまりに惨めな境遇だったが、それでもエリーザはまだマシだったのかもしれないと篤子が思いかけたそのときだった。頭上から双臀に鞭を振り下ろしながら、エリーザが早苗に向かって話しかけた。

「それにしても日本人の質は安定しているわね。この子ら華族は下界ではどのように育てられているの？」

早苗が自分が見てきたかのように答えた。

「過保護です。肌の白さがその証拠でございましょう。ただ、厳しい制約もあります。同性愛や身分違いの結婚は厳禁でございます。それは華族が勤勉と自己犠牲を尊《とうと》び、日本国民の手本となるように日々生きているからでございます」

「そんな高貴な出の少年を奴隷に堕とすのは愉快ね。首輪を嵌められて、戦勝国の人間の足元に這いつくばって性器を舐めているんだから、屈辱もひとしおなのでしょう。この子は嬲《なぶ》られるのが好きみたいだけど」

エリーザは笑いながら、鞭を振り下ろす。それが篤子の臀部と肉棒の裏筋を叩きつけた。

「ひぃぎゃあ……お舐めします」

匂いのきついエリーザの花園を舐めながら、自分たちは帝国貴族を愉しませるために教育《しいく》されてきたことを悟った。信じていた世界が足元から崩れ落ちるような喪失感があった。

「クリペニスはどうなってるかしら？」

早苗が屈んですぐに確認した。

「浅ましく勃起させて、卑しい先走り液をたらたら垂らしています」

「自分たちが奴隷として育てられていたことがわかって嬉しかったのかしら？　本当、日本人ってマゾの血でも流れているんじゃないかしら」

エリーザはさらに股を開き、篤子の舌が膣内に入りやすいよう手助けした。篤子は舌の付け根が痺れるほど伸ばして膣襞を擽《くすぐ》っていく。まだテクニックは拙《つたな》いが、逆にそれが初々しかったのか、エリーザはうっとりと目を細めた。だが、その表情には、篤子をどんな奴隷に躾けようかあれこれ妄想している様が窺えた。

「あれを持ってきなさい」

上機嫌にエリーザが手を叩くと、メイドが控えの間から注文した品々を盆に載せて戻ってきた。

（ぱ、パンティ……）

何の変哲もない下着のように見えた。無地の白い生地に赤いリボンがワンポイントで入っているだけの小中学生の定番のものだった。ただ、クロッチの部分に丸い穴が開いていて、穴は縁と同じフリルで飾られているのが異様だった。

エリーザが合図を送ると、早苗はその下着を持って四つん這いになっている篤子の背後にひざまずいた。

「片脚ずつ上げてください」

「んん……」

「さぁ」

促された篤子は泣くなく片脚を持ち上げた。パンティが太腿をスルスルと上がってきた。

（ああ、なんの生地だ？　すごく心地いい……女性用の下着はこんなに柔らかいのか？）

パンティが上がりきる直前で早苗がペニスを握ってきた。

「んぐぅ……」

「ご奉仕に集中してくださいませ」

早苗は力を込めて肉棒を押し倒した。

舌がチリチリと痛むほど篤子はエリーザの膣穴の奥まで愛撫した。滔々《とうとう》と溢れる蜜汁の濃厚な味に頭がくらくらするようだった。そしてパンティの底に空いた穴に、肉棒を通されると額に汗が滲んだ。

（きつい……それにオチ×チンをそんなに曲げられたら痛いじゃないか。あぐぅ）

篤子はペニスの根元までパンティを通された。それは臍の下まで覆う子供用だった。篤子には見えないが、脂肪の薄い少年の尻は女児のそれに似てパンティの生地に縦皺が浮かんでいた。しかし、早苗がパンティのリボンを弄《いじ》るとパンティの内部から空気が抜けていく。

「んん！」

パンティが篤子の尻と股間に密着してきた。それでいてパンティはしっかりした柔らかい素材でできているようだった。特殊な繊維なのだろうか、細部にまで及ぶ帝国の技術力を思うと、篤子は先行きを案じるしかなかった。

「もういいわ」

エリーザは篤子の髪を摑んで、上半身を起こさせた。

膝立ちになった少年の太腿の間には、下を向いて力強く勃起する肉棒があった。ペニスは立ち上がろうにも、パンティで固定されているので、もどかしそうにヒクつくだけだった。

「脱いでごらんなさい」

「……はい」

篤子はすぐにパンティを脱ごうとした。

しかし、皮膚と癒着してしまったかのように一ミリもずれなかった。確か早苗はリボンを弄っていたはずだ。篤子もそこを弄ったがまったく変化はなかった。

「奴隷用パンティは特殊な電磁波を当てないと外せないわよ？」

「……ど、奴隷用パンティ」

「ええ、自分では脱げないの。最初の身体検査のときに失禁した牝豚が何匹かいたでしょう？　そういう躾のなっていない牝豚に穿かせて、お漏らし奴隷として飼育するのよ。おまえが穿いているパンティは、男牝奴隷用に少し改造されているわ」

エリーザは人間椅子から立ち上がると、メイドたちに命じた。

「次はセックス台よ」

「かしこまりました」

二人のメイドは今度は肩を寄せ合うように並んだ。目の前に豊かな臀部が双つある。アヌスはもとよりわずかに濡れた性器まであからさまに晒された。

「うぐぅ……」

昂奮して海綿体がさらに膨らんだ。その結果、無理やり押し倒された肉棒が疼いて仕方がない。根元の穴は広がらないので、紐で結ばれているような締めつけ感がある。

「リードを貸しなさい」

「はい」

早苗はエリーザに恭《うやうや》しくリードを差し出した。

「牡犬のように二匹を犯してごらん」

エリーザは鞭で篤子の双臀を打ち据えた。

篤子は慌ててメイドたちに覆いかぶさり手をついた。その瞬間、再び鞭が臀部を打った。それに衝き動かされるように、篤子は腰をメイドに突き出した。しかし、後方に曲げられている肉棒を挿入できるわけがなかった。

虚しい肉と肉がぶつかり合う音がした。

命令に従えなかったため、電流が走った。それでも、エリーザは鞭を振るった。首輪の電流が少しずつ強くなっていく。

「ほら、男牝奴隷に牡役をお願いしているのよ？　しっかりやり遂げなさいよ」

「ああ、入りません。入らないのです」

篤子は自分のペニスに手をやって確かめたが、ビクともしなかった。

（無理やりやれば折れてしまう）

額から冷や汗が流れた。

「牡犬が手を使うなんて許さないわ」

剝き出しの亀頭を鞭でしたたか叩かれた。

「あぐぅ！　お許しください……ああ、できません」

篤子は悲鳴をあげながら謝罪した。

「じゃあ、おまえは牡じゃないってことね？」

「あ、あああ……」

首輪に電流が走った。篤子はついに屈辱的な宣言をするしかなかった。

「お、牡ではありません……私は男牝奴隷です」

「ようやく自覚ができたようね。ご褒美よ」

エリーザはそう言って鞭の先で肉棒を撫でたかと思うと、無慈悲にも鞭を降らせるのだった。

＊

「男牝奴隷の作法を教えてあげるわ」

「は、はい……」

「そこの二匹のメイドの背中に乗り四つん這いになりなさい」

「……はい」

篤子は二人に申し訳ない気持ちになりながら背中に乗った。自分よりも大柄な二人の背中は安定していたが、それでも不安定なことには変わりがなかった。

どうしても項垂れる顔を上げさせようとしたのか、エリーザが首輪を引っ張った。

「んぐぅ！」

「じゃあ、男牝奴隷を犯してあげましょう」

急に背後に突き出した肉棒を握られた。そのままエリーザが引き寄せ、豊かな陰毛に触れた。

「あなたの童貞はもらうわね」

「あ、あうっぅ……どうかお許しを……」

「どうして？　嬉しくないの？」

「将来を誓い合った娘がいるのです」

咲良子のことだった。

「心配しなくてもいいわ。あなたの許嫁《いいなずけ》も今頃は処女を奪われているから」

エリーザは優雅に微笑むと、割れ目を開いて亀頭を膣に押し当てた。

「あ、あくぅ」

「この私がおまえごときの童貞を奪うのだから、果報者だと思いなさい」

「ああ……お許しを……」

篤子は懇願したが、ペニスは意に反してヒクヒクと痙攣していた。

エリーザが篤子の腰を摑んで固定すると、腰をさらに力強く押し出した。

「んあぁあぁ！」

「処女膜があるわけじゃないのに、どうして男牝はいい声で啼《な》くのかしら」

エリーザは膣の肉を絞り、篤子の男根を締めつけた。そして、まるで男のように荒々しく腰を激しく打ち込んだ。そのたびに篤子は身体を前に大きく揺らすことになる。メイドたちの背中ではどうしてもぐらついて、慌てて身を引くしかなかった。

すると、肉棒が膣内を抉《えぐ》ることになる。

「犯されてる気分はどう？」

エリーザが首輪を引いて篤子の上半身を仰け反らせた。

「あ、あぐぅ」

篤子は噎《むせ》び泣いた。

捧げるべき純潔を帝国貴族に奪われた哀しみもあるが、それ以上に肉体の苦痛のほうが強かった。

いや、正確に言うなら苦痛を味わえば味わうほど快感が強くなることの屈辱感だった。エリーザの膣内はまるで生き物のように蠢《うごめ》き、膣襞も肉竿の静脈を押し潰すほどきつく締めつけてきたからだ。しかも、パンティの穴でペニスの根元が絞られているので、会陰の奥でグツグツと茹《ゆ》だったマグマが爆発したくともできない状態にされていた。

「はぁ、はぁ、はぁ」

篤子の呼吸は荒くなり、かすかな理性も奪われていく。

少年の分身もなんとか射精しようと苦しげにぴくぴくと脈打っていた。

「私の子壺にまで届いているのがわかる？」

エリーザは二度三度、自分の子宮口に亀頭を押しつけた。そのたびに篤子の声は女の嬌声のように高くなった。

「うふふ、おまえは牝の悦びを知る素質がありそうね」

さらに首輪を引っ張りながら、肉棒を根元まで突き入れた。そして重たげに揺れている篤子の乳房を揉み込んだ。

「あぁ、オッパイなんて嫌だぁ、あぐぅー！」

つい男言葉を使ったので、電流に襲われた。それが篤子の身体を伝ってエリーザの膣にまで届くが、その頃には電流も弱まり、性的スパイスを与えるだけだった。

エリーザは呻いて軽い絶頂に達した。今度は腰をゆっくりと離していくと、篤子の肉竿が露《あらわ》になった。裏筋の膨らんだ部分がやや充血し、飴細工のように蜜汁が絡んでいた。完全に抜き取ると、ピンク色だった亀頭が赤紫色に変色しており、静脈が弾けそうなほど膨れ上がっていた。

「ずっと勃起したままだと、クリペニスが腐るわね」

「くっぅ……どうか、もう許してください」

「おまえが望むなら、クリペニスを切除して完全な牝豚にしてやることもできるのよ？　それでも、男牝奴隷がいいのかしら？」

「……」

首筋がチリチリと疼きはじめる。

首輪の懲罰はまだだが、身体はそれに備えてしまっている。

「……男牝奴隷がいいです」

「わかったわ。そのクリペニスはおまえの拠《よ》り所にもなるだろうが、同時に苦しみを与えることにもなる。でも、どのみち牡でも牝でもおまえたちは一生涙を流しながら地べたを這いずりまわって生きていくしかないのだけれど」

篤子の運命が淡々と告げられた。

「ほら、牡なら自分から突いてごらんなさい」

エリーザは篤子の乳首を摘みながらそう言った。

「あ、あうぅ」

「上手《うま》く私を満足させられたら、射精させてあげてもいいわよ？」

喉から手が出るほど望むものだった。

「……」

「物欲しそうな顔は、もちろんやるということよね？」

「は、はい」

「クリペニスのくせに生意気よ」

エリーザが篤子の肉砲を鞭で叩いた。鋭い痛みに篤子はメイドの肩口に顔を埋《うず》めた。

「ほら、お尻を高く上げなさい！」

双臀に灼《や》けるような痛みが走った。篤子は慌てて言うとおりにした。自分の開いた股座《またぐら》を覗き込んでも、肉棒は見えずパンティに覆われているだけだ。まるでペニスが消えてしまったかのようだった。視覚で実感ができないことがこれほど不安なことだとは思わなかった。

今はペニスの芯から疼く鈍痛だけが、その存在の証明だった。

黒い肌を持つエリーザの下半身には黄金の叢と毒々しいまでにピンク色の花弁が見

えた。

「ああ……ご奉仕させてくださいませ」

篤子はさらに尻を突き上げて肉棒を近づけた。上手く狙いが定まらないが、亀頭の先が陰毛に触れた感触があった。挿入しようとするたびに、滑って陰毛を擦ってしまう。しかし、エリーザは恍惚の表情を浮かべていた。どうやら、帝国人には陰毛にも神経があると言っていたのは本当なのかもしれない。

だが、篤子にはそれ以上追求する余裕などなかった。

「あ、あああ……入って……お願い」

絶頂の寸前で押しとどめられている快楽のマグマが、会陰の底から尻穴のあたりで渦巻いてすでに激痛をもたらしていた。

焦れば焦るほど膣からそれていく。だが、何度も繰り返すうちに運よく滑り込んだ。その隙を逃さずペニスを打ち込もうとする。

「あ、あくぅ」

篤子は呻いた。肉竿が半分も入りきらないうちに、引いたときに簡単に抜けてしまったからだ。

「何をやっているのかしら、この下手《へた》くそめ」

「あひぃー、お許しください」

鞭で裏筋を撲《う》たれた篤子は床に落下しそうになる。それでもなんとか踏みとどまり、お尻を突き上げたが、その後は何度試しても挿入できなかった。

「それで牡と言えるの？」

「うぅ、申し訳ありません」

「おまえはやっぱり後ろから犯されるのが好きなの？」

「……は、はい」

「情けない子ね」

エリーザは鞭でペニスを撫でながら微笑んだ。

篤子は痛みに備えて身体を硬直させたが、鞭が振り下ろされたのは別の場所だった。

パシン、パシーンと二つの打擲音が響き、悲鳴が篤子の下からあがった。打擲を受けたのは台座となっていたメイドたちだった。

「おまえたち、手伝ってあげなさい」

「かしこまりました」

メイドは震えた声で返事をすると、二人して篤子のほうを仰ぎ見た。

「お嬢様、顔をもっと伏せてお尻を上げてくださいませ」

「……は、はい」

篤子は二人に従うしかなかった。どうやら、二人の角度からはペニスがかろうじて見えるようだ。

「もっと背筋を反らしてくださいませ」

言われたとおりにすると、乳房が彼女たちの肩甲骨に押し潰された。

「それでは、合図をしますね。一、二、三」

二人のメイドたちは阿吽《あうん》の呼吸でお尻をいったん沈めると、反動を利用するようにお尻を高く持ち上げた。急に台座が不安定になり、篤子は彼女たちの背中にしがみついた。その瞬間、エリーザの膣の熱いしめつけが肉槍を包んだ。

先ほどよりも深く挿入されたが、それでもエリーザの子宮口にまでは届かなかった。

「お嬢様もお尻を突き出してください」

脇で見ていた早苗も加勢した。篤子はお尻を突き上げたが、まだ距離があるようだった。タイミング悪くメイドたちは沈み込んだからだ。

「タイミングを合わせてください」

「……すみません」

「一、二、三でいきますよ」

「はい」

「一、二、三」

息を揃えて尻を突き上げると、エリーザの膣奥を突いた。しかし、上半身は屈《かが》むことになり、頭から床に落ちてしまいそうになる。

その恐怖と戦いながら、篤子は全身汗まみれになっていった。メイドたちの背中に汗が垂れて、手がすべってしまいそうになる。いや、彼女たちの背中にも汗が滲み出ていたのだ。

三人ともすぐに呼吸が乱れた。しかし、もっとも苦しかったのは篤子だった。

エリーザの膣の感触は極上であればあるほど、性感は高まってしまう。敏感な神経が密集した裏筋がむず痒くて仕方なかった。射精したくてもできない苦痛は、男として生まれたことを呪いたくなるほどだった。

「あんーん、いいわ。初めてにしては上手《じょうず》よ」

エリーザは自分の乳房を揉みしだきながら喘いだ。

「……王女様、イカせてくださいませ……」

「奴隷が先に満足しようなんて百年早いわ。身のほどをわきまえなさい」

「お許しください。奉仕に務めますので……あ、あくぅ、クリペニスが痛い、痛いです」

鬱血した肉棒から常に痛みが沸き起こった。ピストン運動の快楽もすでに疼痛でしかなかった。それでも、わずかな快楽を求めて、篤子はお尻を突き上げた。

「仕方ないわね。少しサービスしてあげるわ」

篤子たちが上昇した瞬間、エリーザは腰をぐっと押し出してきた。

そのただの一突きで、篤子たち三人はバランスを崩してしまった。

「ほら、タイミングを合わせるのよ。私も手伝ってあげるわ」

「……お嬢様、いきますよ。一、二、三」

「あぐぅー！」

篤子は肉棒を背後に突き出したが、それ以上にエリーザの圧力のほうが強かった。

なんとか崩れるのを踏みとどまり、負けが決まっている奉仕を続けるしかなかった。

「まだまだ下手くそね」

エリーザがだめ出ししたとたん、首輪に電流が走った。

「あぐうーん」

「尻を止めたらダメでしょう」

「あぎゃあ！」

「おまえが下手くそだから、こうやって電気刺激を与えてあげてるのよ。卑しいことに、刺激を受けようとクリペニスがピクピクして跳ねてるわ」

まるでそれが帝国流の補助だと言わんばかりだった。しかし、実際、エリーザは快感を覚えているようで、ペニスを挿入するたびに、蜜液が少年の尻に向けて噴き出した。

「ああ、いいわ。イク。イクわ」

「……一、二、三」

「あくぅん」

息も絶えだえの篤子たちはエリーザの快楽に奉仕した。

「同時にイクことを許してあげるわ」

そのときエリーザが篤子のパンティのリボンに触れた。すると、パンティの穴が一気に緩んだ。ペニスが戻ろうとするが、膣にがっちり固定されているためによけいに痛みが増した。

そして、一気に血流が回復したために、ペニス全体が霜焼けしたようにジンジンと疼いてきた。

「ああ、あぐぅん、痒い。あぁ、熱くて痒くてたまらない、あぁぁ、あああああ」

「いいわ。もっと動くのよ」

「あひぃ、ああくーん、あ、あうぅ！」

篤子は激しい掻痒感《そうようかん》を紛らわすように、エリーザの膣内で肉竿を摩擦した。

「は、早く射精して！」

もうとっくに限界を超えていたのに、篤子のペニスは操縦不能になっていた。

それを救ってくれたのは、エリーザの膣だった。細波《さざなみ》のような膣襞の揺れが、大波のように何度も押し寄せてきたのだ。ペニスの根元にとどまっていたマグマの塊が、噴火の尿道を駆け抜けていく。

「イクぅーーーーッ！」

篤子は絶頂と同時に絶叫した。

一気に視界がホワイトアウトして花火のように明滅する。意識をしっかり持っていないと失神してしまいそうだった。

これまでにない強烈な快楽だった。

——ドピュッ！

一発ごとに身体の痙攣した。

空中を浮遊しているのか、メイドの背中にいるのか判然としなくなる。

――ドピュ、ドピュッ！

さらに強烈な刺激が全身を駆け抜けた。

「あ、ああ。あああぁ……あぅぅ」

篤子はようやく理性を取り戻しはじめた。しかし、射精は止まらない。いつ果てるともなく次から次へと吐き出されると、自分でも不安になってきた。

勢いも衰えることも知らなかった。

――ドピュッ、ドピュピュ！

やがて出し尽くすと同時に、篤子はぐったりと突っ伏した。疲れ果てたメイドたちも倒れてしまう。

ぼやけた視界にはメイドの背中に血が滲んでいることに気がついた。篤子が爪を立てた痕だった。

「ごめんなさい……ああ、ごめんなさい」

篤子は必死で耐えてくれた二人に謝罪した。

＊

男牝奴隷の篤子には休む暇がなかった。

パンティを脱がされ全裸になった奴隷は、女主人のエリーザの前で四つん這いになり、陰毛が生い茂る下腹部に顔を埋めていた。

「自分が散らかした牝ホルモンを綺麗にするのよ」

「は、はい」

「一滴でも溢《こぼ》したらお仕置きだからね」

「……かしこまりました」

篤子は膣にせいいっぱい舌を伸ばして、自分が出した精液を舐め取った。もちろん、自分の精液など舐めたことはないが、牝睾丸で造られた女性ホルモン入りの精液も、味や匂いなどまるで違いがわからなかった。しかも、精液の量も尋常でない。

少年が一回の射精で放出する精液の量は一般的には三、四ミリリットルくらいだが、篤子のものは優に五十ミリリットルを超えていた。しかも、粘着性も強く、凝固した塊もあった。

それを舐めるばかりか嚥下《えんげ》しないとならないのは苦痛以外の何物でもなかった。絶頂感が激しければ激しいほど、その後の虚脱感も強かった。

それでも、鞭で双臀を打擲されながら惨めな仕事をするしかなかった。

「たっぷり射精したでしょう？」

「……はい。こんなに出たとは……」

「それは、そうなるように改造したからよ。あと一時間もしたらまた射精したくなるわよ」

「……そ、そんな……」

「でも、射精できるのは許可したときだけだからね」

「あ、あうぅ……」

篤子は膣の襞に絡んだ白濁液を舌で削ぎ取りながら呻いた。

このまま射精を管理されたら、奴隷に堕ちることに抵抗などできないのかもしれない。そんな悪い予感がした。

篤子は屈辱の涙に噎びながら、帝国皇女の股間を舌で清めるしかなかった。悲しいことに乳房の奥がわずかに疼きだすのに気づいて、いっそう懊悩《おうのう》した。

（僕はこれからどうなってしまうんだ……咲良子や瑠璃子姉様はどうしているんだろう……同じような目に遭っているのだろうか……あ、あ、これは夢だ。夢に違いない……）

第四章　許嫁の公開処女喪失

日本国旗は隷環時代になって刷新された。

新しい国旗はちょうど旗を斜めに切断した形になっていた。それは敗戦国の刻印を意味する二等辺三角形で、新たなモチーフは血液である。不定形で、日本人の血を垂らして作られたものだった。

戦中、日章旗を生産する余裕もなくなり、日本国民が白い布に自らの血で国旗を作ったことに由来していた。

意匠の決まっていない唯一の国旗と誇る国民もいるが、篤子たち華族は日章旗を取り戻すために、帝国と対等に渡り合える人材として育成され、選抜生になることを至上の目標としていた。

翌日、篤子は目を覚ました。

高い天井には、名工の手によるものなのか、流麗な装飾が施されていた。

しかし、色調はピンク色と黄金からなり、少女趣味が強かった。

「……くぅ」

篤子はこの部屋が不快だった。

そして、エリーザが忠告したように、射精欲がまたも高まってきていた。あれから一晩しかたっていないのに、まるで禁欲生活を一週間くらい続けたような状態だった。

とにかく射精したくてたまらないのだ。

しかし、自分ではどうすることもできなかった。股間には貞操帯を装着させられていたからだ。金属製だが、穴空きパンティと同様、ペニスの根元をがっちりと固定されていたのである。

しかも、貞操帯の全長が五センチほどしかなかった。つまり、勃起してしまうと猛烈な痛みに襲われることになる。だが、幸いなことにその現象は起きていなかった。まるで脳が勃起を禁じているかのように。

(こんな状態で飼い馴らされたら……本当に女の子になってしまう……あぁ、みんな

は……咲良子は今どうしているんだろう）

女が慰《なぐさ》み者になるのは火を見るより明らかだ。

それが広島県が誇る絶世の美少女と謳《うた》われた咲良子なら尚更だ。咲良子とは手を繋いだことしかなかった。あの柔らかそうな唇はどんな感触だろう。あの胸の膨らみは……。あのガラス細工のような華奢な身体を抱きしめた感触はどれほど素晴らしものだろうか。そんなことを考えれば考えるほど悶々としてしまう。

（なぜ、僕は勇気がなかったんだろう。華族の決まりがなんだっていうんだ！）

結局、華族の決まり事は帝国の貴族を愉しませるためのものでしかなかった。その意味を知らず律儀に守っていたことが口惜しかった。

（男の本能に従っていれば……）

しかし、そうしたらしたで白藤家にも胡桃澤家にも迷惑をかけていたことだろう。

（咲良子への偽《いつわ》らざる気持ちと制度を天秤にかけるものなのか……男としての使命と覚悟は……ああ、これも僕を苛《さいな》むために仕組まれていたんだ）

頭では帝国の罠だとわかっていても、長年染みついた考え方や生き方を変えることはそうそうできるものではなかった。

篤子が苦悩していると、部屋の扉がノックされた。

「失礼します」

入ってきたのは早苗だった。

「……」

篤子はとっさにシーツで身体を包んだ。

壁には昨晩用意された洋服が掛けられたままだった。

それは華族の令嬢が着用する外出着だった。花柄模様の涼しげなワンピースで、肩のあたりが膨らんでいる。胸元や袖口、それと太腿が露出する短いスカート裾には、フリルレースがあしらわれていた。

「まだお洋服を着ていなかったのですか？」

「着られるわけがない……ぼ……いや、私は、あの、ほら……」

篤子は首輪の懲罰を恐れて言い淀んだところを早苗が補足した。

「男だからですか？」

「……」

篤子は頷《うなず》いた。それを見て早苗は慈愛に満ちた視線を向けてきた。

「諦めてください。お嬢様は男牝《おとめ》として飼育される運命です。生きて可愛がられるだけ、とても幸運なことでございますよ。さぁ、着替えをお手伝いしますので」

「き、着たくない。ああ……」

「裸のまま屋敷を歩くことはできませんよ。それが許されるのは人犬に堕とされた者だけです。そうなれば手足を切断されて四つん這い歩行をしないとなりません。そうなりたいのですか？」

篤子は項垂《うなだ》れたまま首を振った。

仕方なく下着を身につけた。特にブラジャーで乳房を包まれる感覚は羞恥と屈辱を味わわされたが、そのまま服も早苗に介助されて着用した。

「それでは、行きますよ」

早苗は鎖のリードを篤子の首輪に接続した。

そして、別室に案内された。そこは果実のような甘い薫《かお》りが漂っていた。

メイド服姿のまだ幼い少女たちが十数人が列を作っていた。よく見れば、順番に透明な大きい壺のような容器に腰を下ろしていた。サイズは高さが五十センチほどはあるだろうか。口の部分は少女たちのお尻がすっぽりと嵌まるようになっていた。驚くことに彼女たちはそこで排尿しているのだった。

甘い薫りがさらに強くなってきた。

「あれは桃だけを食べて育てられている桃娘《タオニャン》と呼ばれる娘たちです」

「な、何をしているんだ？」

「お嬢様の制服に聖水染めをしております」

確かに壺にはセーラー服とスカートが入っているではないか。やがて排尿を終えた少女が篤子のところにトコトコと近寄ってきた。体臭は非常に甘く香ばしいものだった。

貞操帯の中の肉棒が大きくなりかけて、痛みを感じるほどだった。

「お姉様のセーラー服も綺麗に染めますね」

少女はそう言った。まるで自分が誇らしい仕事をしているといった無邪気さがあった。

「では、お嬢様、次は王女様との謁見《えっけん》です」

篤子は早苗の言葉にドキッとした。

昨日の屈辱に満ちた初体験の忌々《いまいま》しい記憶が蘇《よみがえ》ってきたからだ。しかし、同時に下半身は期待しているのか徐々に膨らみはじめた。そのとたん貞操帯に締めつけられて痛みが走った。

篤子が向かったのは長い廊下だった。

そこではセーラー服を着た美少女が額を床につけるようにして伏していた。スカートを穿いていないので、お尻は丸出しになっている。

「お嬢様はこの末席にお座りください」

「は、はい」

篤子は少女たちを真似て平伏した。

すると向こうから足音が響いてきた。どうやら、朝湯を終えたエリーザがローブを纏っただけの姿で歩いてくるようだ。

少女たちの前では一度も歩みを緩めなかったのに、篤子の前では急に立ち止まった。

篤子の心臓がドキッとした。怯えたものの、心の中ではまたあの強烈な射精ができるのではないかという期待感が高まってきていた。

しかし、エリーザがメイドに命じた言葉は篤子の期待を裏切るものだった。

「峰子《みねこ》と爽子《さわこ》は、私の部屋へ。他の者は華族牝学園に登校すること」

「……」

絶句した。これほど落胆していることに自分でも愕然《がくぜん》とするほどだった。

「あ、そうそう。篤子には、許嫁の初夜体験をさせてあげなさい」

「かしこまりました」

早苗に申しつけると、エリーザは何事もなかったかのように平然と立ち去った。

それを追うように先ほど指名された先輩奴隷も随行《ずいこう》していった。

＊

次に早苗に連れていかれた一室にはカプセル状のベッドが並んでいた。

そこでは先ほどの桃娘と呼ばれる少女たちが横になっていた。

「ストレスで臭くならないように幸せな夢を見てもらっています」

「……夢？」

「ええ、家族と暮らしている夢です」

「でも、夢なんでしょう？」

「彼女たちにとっては夢のほうが現実なのです」

早苗は先ほど篤子に語りかけた眠った少女のふっくらとした頬を撫でた。

「お嬢様はこちらです」

さらに奥の部屋には豪華なベッドが用意されていた。

「ここで寝ろと？」

「お嬢様は睡眠を摂るわけではありません」

「え？」

「その首輪は脳に直結されており、すべての体験が記録されます。しかも、それを他人が見て、感じることもできるのです」

「なんだって？」

それが本当だとしたら恐るべき技術だ。

「つまりお嬢様はこれから胡桃澤咲良子様の初夜を体験できるのです」

「そんなの嫌だぁ！」

首輪を押さえて、篤子はあとずさった。

「駄々をこねないでください」

「彼女は僕の妻になる人だったんだ。あぐぅ！ そんな大切な人が犯されるのを追体験などしたくない。ああ！」

鋭い痛みの連続に身悶えしたが、それでも懸命に早苗から離れようとした。

「それならお姉様の体験を味わってみますか？」

「そんな、酷い！ 姉様の過去を覗くことなんてできるわけがない。あぎゃああ」

早苗が悲しそうな顔で教え諭そうとした。

「もう諦めて……これが華族の運命だから……一日でも早く受け入れるしかないのよ」

篤子は次第に意識が遠のくのを感じた。するとそれと入れ替わるようにして何やら映像が見えてきた。

咲良子はセーラー服を着ているようだった。

早苗の言葉どおり篤子は咲良子にシンクロしたのだ。

クリーム色の半袖と白いスカーフ、そしてプリーツのミニスカートである。

（下着を身に着けていない！）

篤子がそのことに気づいたのは、乳房や臀部を直に制服が触れているからだ。セーラー服からは甘い桃の香りが漂ってきており、咲良子の鼓動と背筋に流れる汗まで感じることができた。

もちろん視界も同期していた。そこは豪華な部屋だったが、そこが寝室なのは中央に置かれた巨大なベッドでわかった。ベッドには体格のいい帝国貴族が寝そべっていた。視界が涙で霞んだ。咲良子は泣いているのだ。

（逃げろ！　咲良子、どうか逃げてくれ！）

他人と感覚がこれほどリンクしているのに、篤子は咲良子の動きをコントロールすることはできなかった。

「牝豚、こっちへ来い」

「……」

首筋に電流が走った。それと同時に咲良子は悲鳴をあげた。

何分もそれに耐えたが、次第に電流が強くなり全身の毛が逆立ったところでついに屈した。

「……わかりました」

咲良子は死刑台に向かうように、ゆっくりとベッドの上を這い進んだ。

帝国貴族に近づくと、むっとするような濃厚な動物臭が漂ってきた。間近で見ると男が邪悪であることが窺い知れた。

中年くらいに見えるが、身体の肉にたるんだところはなかった。鋼《はがね》のような肉体の持ち主だ。身長も二メートル近くあるだろう。不気味にニヤついている顔つきは悪意そのものだった。

もっとも目を引くのは、棍棒のようなペニスだった。それは腹を打つようにすでに勃起していて、長さは優に三十センチ近くはありそうだ。太さも異様で幼児の腕くらいはあるだろう。それだけでもおぞましいというのに、裏筋には球体が埋め込まれているのか、ゴッゴッとしていた。

「もっとこっちに来い」

「……はい」

咲良子の心拍数がさらに上昇した。

(近づいたらダメだ!)

篤子は懸命に念じたが、咲良子は男の股座《またぐら》に躙《にじ》り寄っていく。

「さっさとしゃぶれ」

「ッ」

咲良子は弾かれたように顔を上げると、帝国人の貴族は自分でペニスを握って傾けた。

「メイドから作法は習っているのだろう?」

「は、はい」

掠れたような小さな声だった。

「では、やってみるがいい」

「……オレグ様の素晴らしい逸物にご奉仕させてくださいませ」

「よし」

その瞬間、篤子も味わったあの多幸感が全身を包み込んだ。

咲良子は両手で巨大なペニスを捧げ持って、傘の張った亀頭に唇をそっと押し当てた。そして、呼吸が乱れるほど熱心に口を押しつけ、頬ずりを何度も繰り返した。

「これがおまえの中に入るんだ」

オレグは咲良子の髪を撫でながら、大げさに笑った。

「上の口に入るかな?」

「は、はい」

咲良子は口をせいいっぱい開いて、亀頭を呑み込んだ。顎が外れそうになった。それでも、メイドから教えられたという技術で頬張ったまま亀頭と肉竿の付け根を舌でチロチロと舐めた。

(やめてくれ……そんなふうに舐めないでくれ)

篤子は必死で念じた。咲良子の感覚が再現され、自分の口の中にもオレグの肉棒の感触が伝わってきた。尿道口からは粘り気《け》のある先走り液が溢れ、その苦味までありありと感じることができた。

(咲良子は僕のお嫁さんになる人だったんだ!)

だが、篤子の願いが届くことはない。

「自慰も知らないくせに、ずいぶんフェラチオに熱心じゃないか」

「うぅ……チュプ、チュパ」

咲良子は両手で男の肉竿を必死に強弱をつけて撫でさすった。

「ワシを口でイカせたら、処女のままでいられるとメイドに教えられたんだな？」

奉仕を続けながら咲良子がこくりと頷いた。

「おまえの祖国には、一盗二婢三妾四妓五妻という言葉があるそうじゃないか。蛮族のくせに女を見る趣味はなかなかいいようだな」

「……うぅ」

「華族に許嫁が決まっているのは、この一番の悦びを帝国貴族が味わうためだ。ほら、本当は愛する人にしたかったんじゃないのか？」

咲良子は眉間に皺を寄せて呻きながら聞き流していた。その屈辱と惨めさは篤子にも伝わってきたが、それが自分の感情なのか咲良子のものなのか判別がつかなかった。

「この乳房もワシが最初に触れたことになるな」

グイと乳房を揉まれ、咲良子は口から屹立を吐き出した。

「いい反応じゃないか。そういう初心《うぶ》な反応でこれからもずっと愉しませるんだ」

オレグは咲良子を押し倒してスカートを捲り、たちまち股を開かせた。未通の無毛性器は閉じたままだった。しかし、クリ包皮割礼された陰核がわずかにピンク色の頭を覗かせていた。

「おまえは十四歳らしいが、まるで小学生のようなオマ×コだな」

「お願いだから、見ないでくださいませ」

咲良子が両手で股間を隠した。その手に触れるツルリとした感覚さえも、篤子に伝わってくる。

（アソコを見たい……触れたい……）

そんな牡の本能が、篤子の中で湧き起こった。絶対に勃起してしまうほどの昂奮だったが、股間の感覚はあくまで咲良子のままだった。

「手をどけろ」

咲良子が頭を左右に振ると、首輪に激痛が走った。

「あ……あう……」

呻きながら彼女は言うなりになる。オレグは咲良子の手をM字開脚している足首に誘導した。

「ここを摑んでいろ」

そう言うと、オレグはゆっくりとスカートとセーラー服を捲り上げて、乳房と股間を露呈させた。そして、お尻の下に枕を挟んで、割れ目をいっそうせり出させた。

オレグの顔が恍惚となっているのがわかった。それは無垢な花の蕾を思わせる少女の性器を鑑賞しながら、無惨に散らすことを想像しているのだろう。

「自慰も知らぬままやってきた褒美として一度気をやらせてやろう」

「あ、あうぅ」

無防備な陰核にオレグの厚い唇が覆い被さったかと思うと、強く吸い上げてきた。それに合わせて乳房も荒々しく揉み込んできた。

「んぁ。んんんッ」

咲良子は弓なりに身体を反らした。そして四肢を痙攣させ、シーツの上で何度も突っ張らせた。

(ああ、そこから離れてくれ！)

咲良子は自分の足首に爪を立てて、おぞましい刺激をやり過ごそうとした。

「も、もう許してください……あうぅ、死んでしまいます……」

そう訴える哀願も途切れがちだった。

オレグの舌は縦横無尽に動き回り淫核を嬲り尽くした。音に湿り気が帯びてきた。

咲良子の膣から蜜汁が溢れる感覚が伝わってきた。秘部が全体的に熱く燃え上がり、肉芽が弾かれるたびにこれまで経験したことのない深い快楽が押し寄せてきた。

(うおぉおぉ、ああ、ダメだ……)

しかし、蜜汁を舌で絡めとり淫核を嬲るたびに感度は増していった。夥《おびただ》しい粘液が会陰を伝わり、アヌスのほうへ垂れ流れるのがわかった。

「無垢な少女ほど刺激には弱いようだな」

「あ、あうぅ……こ、怖いです。何か来るみたい」

「初めてのアクメだ」

オレグは身体を起こして、乳房を嬲っていた手を股間に伸ばした。右手で肉芽と二枚の肉襞を、左手でアヌスを責めだした。

「お母様……お母様」

感化された篤子も母親に助けを求めた。

(僕じゃないんだ。あぁ、ダメだ。もうイキそうだ!)

篤子がそう思った瞬間、甲高い咲良子の悲鳴が聞こえてきた。

生まれて初めて味わう女の快楽の波が、津波のように襲いかかってきたのだ。

「助けてぇ……あぁ、壊れそう!」

咲良子は快楽に抗《あらが》おうとするのが、篤子にもわかった。だが、頭が痺れて理性が奪われていく。奥歯を嚙みしめて耐え抜こうとしたそのときだった。オレグが彼女の顔を撫でて言った。

「イッてしまえ」

うなじが熱くなった。絶頂に達した刺激が脊髄を通って脳に光の速さで伝わると、強烈な快楽に呑み込まれた。

「あああああああっ！」

身体が硬直した。膣が物欲しげにうねるのがわかった。それと同時に失禁に似た迸《とばし》りを感じた。咲良子はプシャーと音を響かせながら潮吹きをしてしまったのである。

＊

「ワシを花婿だと思うがいい。自分から股を開いて、これを迎えるんだ」

オレグは腹に力を込めて、肉棒をぴくぴくと跳ねさせて見せた。

「あ、あくぅ……そのような恥ずかしいことはお許しください」

咲良子は全身を赤く火照らせて言った。初めての絶頂体験で身体は虚脱したように力が入らない。

「白百合の牝豚たちは、今日、みな処女を散らすことになる」

「……そんなぁ！」

咲良子は身体を反転させて逃げ出そうとした。しかし、足が浮いた瞬間、足首をオレグに引き寄せられてしまう。

「あ、あああ……」

咲良子が後ろを振り向くと、白桃のような双臀が見えた。こんもりと双つの小山が盛り上がり、染み一つない陶器のような肌をしていた。

その背後から、黒い肉体がゆっくりとのしかかる。

（やめろ！　やめてくれ！）

篤子の哀訴《あいそ》は咲良子も同じだった。彼女も甲高い悲鳴をあげていた。しかし、細い腰をがっちりと固定され、身動きはまるでとれなかった。それどころか、ゆっくりとオレグに引き寄せられてしまう。亀頭の先端が秘部に触れた。

「ひぃ!!」

熱された鉄鏝《てつごて》を当てられたように、咲良子は反射的に身を反らした。激しい不快感と恐怖が脊髄を駆け抜けていく。心臓が早鐘を打つ。

「力を抜かんと痛い思いをするのはおまえのほうだぞ？」

オレグは亀頭で咲良子の稚裂を小突いた。

そのたびに蜜汁と絡み合う粘着音が聞こえる。

「こ、怖いッ……あぁ、お許しください」

「こんなに濡らして、下の口も早く欲しいと言っているんじゃないのか？」

「あぁ、そんな……」

咲良子は悲痛な叫び声をあげた。

腰を摑んでいたオレグの手に力が籠もった。

「ひぃ……」

なんとか逃れようとする咲良子はさらに引き寄せられた。懸命に四つん這いで前進しようとしたが無駄だった。

巨漢のオレグが覆い被さってきた。凄まじい力の前に、閉ざされていた蕾が強引に押し開かれていく。

「ヒィイ……い、痛いッ！」

内部を切り裂くような未知の激痛が襲ってきた。

咲良子が奥歯を嚙みしめた。その苦痛は篤子にも再現されている。

「やめてぇ！　あぐぅ！」

「そう騒ぎ立てるんじゃない。まだ、先端がようやく入っただけだ！」

破瓜《はか》の痛みは首輪の電流の比ではなかった。オレグが腰を進めるたびに、膣が裂けそうになる。咲良子は膣を閉ざそうとしたが、その抵抗を嘲笑うかのように、オレグが強引に巨大なペニスを送り込んできた。

「ひぃやぁーーーッ！」

プチッと何かが弾ける感覚があったかと思うと、熱いものが膣に流れ込むのを感じた。

下腹部が火を持ったように熱いのに、なぜか冷や汗が噴き出した。息をすることもできなかった。オレグが体重をかけると錐《きり》で肉に穴を開けられるような疼痛が襲ってくる。圧迫感は激化するばかりだった。

「どうやら、処女膜を貫通したようだな」

オレグは腹を揺すって哄笑《こうしょう》しながら、じりじりと肉棒を押し進めてきた。閉ざされていた肉の道が、無理やり拡張されていく。

（ああ、咲良子……咲良子ぉ）

篤子はエリーザとの初体験を思い出した。

咲良子と同じようにエリーザに背後から犯されたが、膣内の心地よさを死ぬほど味わった。だが、咲良子の身になると、それは屈辱感と恐怖しかもたらさないものであることがわかった。

咲良子をこんなに苦しめるとは、篤子は口惜しくて仕方がなかった。

（僕の咲良子が……あ、あ、ああ……）

咲良子はシーツに顔を伏せて啜り泣いた。

オレグは子宮口までペニスを突き入れると、いったん肉棒を半ばまで引き抜いた。

「どうれ、顔を見てやろう」

そう言って咲良子を回転させた。そして逃げないように、またもペニスを深々と突き刺した。

「あ、あぐぅ」

仰向けになった咲良子の顎を摑んで正面に向けさせた。汗で湿った髪を掻き分けて、顔が見えるようにした。

眉は吊り上がり、唇は血の気を失い白くなっていた。低い呻き声が絶えず漏れていた。

「ははは、人形のように可愛い美少女も牝になるときは獣になるんだな」

「うぅ……」

「だから、おまえらは牝豚だと呼ばれるんだ。わかったか？」

最後の一押しで膣が避けるような圧迫感を覚えた。

「あ、あぐぅぐぅ」

「完全に繋がったのが見えるか？」

ピストン運動をゆっくり開始させながら結合部を見せつけた。

咲良子は涙で潤んだ瞳でオレグのペニスを目にした。黒々とテカっている肉茎には真っ赤な血が絡みついていた。

（ああ、もうやめてくれ……）

篤子はつらい光景を前に頭がどうにかなりそうだった。

「もう動かさないでくださいませ……」

オレグは咲良子の口に吸いつき塞いでしまう。

弱りきった咲良子は抵抗さえできずに、舌を絡め取られ、口の中も好き勝手に玩弄された。

「苦しいです……あぁ、お許しを……」

「そんなに痛がるとは、よほど処女膜がしっかりしていたのだな」

オレグはセーラー服の胸元にあるスカーフを引き抜き、それを咲良子の尻の下に敷いた。

「どれだけ出血したか、あとで見せてやろう」

そう言うと、オレグは灼けるような熱い肉棒をまたも処女肉の奥に叩き込んだ。肉の塊を子宮に感じ取った咲良子が白目を剝いて啼《な》いた。

オレグはそれにかまわず少女を貪《むさぼ》りつづける。ピストンの勢いを強めながら、半熟の乳房を揉みしだき、乳首を捻り潰す。

「ああ……どうか、お許しください……もう、やめてぇ」

絶叫したか思うと、次は獣のような低い呻き声になった。

「イクぞ」

オレグは巨根を膣の最深部に突き刺し、煮えたぎった迸りをぶち込んだ。

「あぐぅぅぅ」

咲良子は弓反りになって、全身を痙攣させた。

(あぁ、それ以上やめてくれ。咲良子を穢さないでくれ……)

子宮に熱い粘液を何度も叩き込まれた。

エリーゼとの初体験で篤子が一度の射精で三十発も精を放ったように、どうやら帝国貴族の睾丸も改良されているようで、オレグの爆発も次から次へと起こった。そのたびに、子宮口に衝撃があり、異国人に種付けされているという屈辱感を味わった。

咲良子はひどく項垂れ、さらに涙を絞った。

「……篤胤、ごめんなさい……ごめんなさい……」

そうつぶやきながら、意識を失っていく。

＊

咲良子とのシンクロが終わった。

最愛の咲良子の惨状の絶望感は凄まじかった。しかし、怒りの感情が昂《たかぶ》ると懲罰対象とされ、首輪の電気ショックですぐに抑えつけられた。

篤子は続いて今朝の咲良子の体験が再生される。

初夜のときと同じようにオレグの寵愛を受けていた。昨日の傷が癒えていないというのに、咲良子はまたも強要されたのだ。まずは萎えている肉棒を口と手を使って屹立させ、そのおぞましい逸物を自ら導かねばならなかった。

肉体査定のときに施された処置のおぞましさを知ることになる。

なんと咲良子の処女膜は自然再生していたのだ。

破瓜の痛みに身体が切り裂かれそうになりながらも、支配者を悦ばすためだけに腰を上下に動かさねばならない。

そしてまたも新しいスカーフが使われた。

二等辺三角形の白無地の生地に真っ赤な血が滲んでいた。それは悲しいことに我が国の国旗だった。

二度目のシンクロが終わったあと、篤子は人目も憚《はばか》らずに泣き崩れた。

「あああぁ……」

だが、深い絶望を味わえば味わうほど、身体が火照ってくる。

首輪から妖しげな薬液が放出されているのかもしれない。貞操帯を嵌められた分身が痛いほど勃起して身悶えた。そして、卑しいことに自分も咲良子を抱きたいという欲求が生まれてきたのだ。

(こんなことを考えてはダメだ……飼い馴らされるばかりか、思考まで歪められてしまうのか!?)

篤子は狂うこともできない状況にひたすら懊悩するしかなかった。

帝国貴族は自分たちを玩具にして骨の髄までしゃぶり尽くすつもりなのだろう。惨めに悶える姿を愉しんでいるだけなのだ。篤子たちは華族という檻の中で育てられ、帝国に出荷された性的な愛玩動物でしかなかった。

頭ではわかってはいてもそれ以上どうすることもできなかった。

すると、それまで黙っていた早苗がおずおずと訊《たず》ねてきた。

「瑠璃子様のも見られますか？」

篤子は上唇を震わせて叫んだ。

「見るわけないじゃないか！　ふざけるな！」

当然、首輪に電流が走った。しかし、篤子は悲鳴を呑み込んで早苗を睨んだ。

「……お許しくださいませ」

早苗は床に額をつけて謝罪した。彼女は命じられたにすぎない。自分は弱い者に怒りをぶつけている浅ましい人間だと篤子はすぐに反省したものの、それもまた篤子の弱みにつけこむ帝国の計算かもしれない。そう思うと、底なし沼に嵌まっているような絶望感に襲われるのだった。

「瑠璃子様より言伝《ことづて》があります」

「どうして君に？」

「瑠璃子お嬢様は以前、このお屋敷にいらしたからでございます。そのとき、田舎から帝都租界にやってきたばかりの私は可愛がっていただきました」

「……今は？」

「残念ながら……それでも、瑠璃子様はお嬢様がきっと選抜生になると悲しんでおられました」

予想外のことに篤子は驚いた。

「姉はなんと？」

「はい……」

早苗は緊張した面持《おも》ちになった。今気づいたが、どことなく姉と似ている気がする。

「『人間は誰しも与えられた役割を演じるしかないのです』」

役割とは奴隷という意味だろうか。

「『最初は憎むことでしょう。怒ることもあるでしょう。でも、次第に慣れてくる。そのとき卑屈になってはダメ。気高く華族の誇りを忘れないこと。時間がたてば首輪が誇らしくなるわ。それが帝都租界に生きる牝奴隷の処世術なの。だから投げやりにならないように』……」

早苗は途中で言葉に詰まり、何か言いにくそうにしている。

「すべて教えてください。瑠璃子姉様の言葉を全部知っておきたい」

「わかりました……」

「……」

「『きっと私たちは近親相姦を強要される日が来るでしょう。でも、私はその日を待ち遠しく想ってます。そのときは、変わってしまった私を受け入れてください……そして変わることを恐れないで……』とのことです」

確か、姉は篤子がどんなに変わっても受け入れると言っていた。それは自分のことでもあったのだ。

しかし、そんなことを姉が言うとは思えなかった。いや、認めたくないだけかもしれない。

十二歳で帝都租界に選抜されてから五年の月日が流れている。人が変わるには充分な時間だ。

早苗の言葉には真実味があった。

「あぁ、私はこれからどうなるんですか？」

「それは男牝奴隷になるしかありません」

早苗は慈悲のない口調できっぱりと答えた。

第五章　セーラー服を着た尻穴人形

篤子がエリーザに呼ばれたのはそれから三日後だった。

当然のことながら、奴隷に相応《ふさわ》しい装いと準備をしなければならない。

篤子は早苗から化粧を施され、よりいっそう女らしい顔立ちになった。自分でも鏡を見て思わず赤面してしまうほどだった。

「日本人って化粧映えする顔ね。もうどこからどう見ても牝豚《女の子》ね」

「肌の肌理《きめ》も細かくなり、女性ホルモンの影響で髪にも艶が出てきています」

早苗が律儀に報告する。

「そのようね」

エリーザは嬉しそうに頷《うなず》いている。

篤子は恥じらうように項垂《うなだ》れた。

「制服も似合っているわよ」

篤子は服装を意識せざるをえなかった。

一見何の変哲もない半袖のセーラー服だが、桃娘の聖水で染めされてクリーム色にくすんでいた。スカートも膝が半ば見える丈しかなかった。匂い立つ甘い薫りに、篤子は股間が疼いた。

「うぅ……」

「苦しそうね」

エリーザは篤子が貞操帯で苦しめられていることを当然知っている。

「……お願いです。貞操帯を外してください」

「見せてごらんなさい」

「……は、はい」

目にうっすらと涙を浮かべた篤子は、そっとスカートを捲り上げた。

そして長さが五センチほどしかない貞操帯を晒した。放尿用に開いた穴からは透明な粘液を溢れさせている。そのせいで太腿の内側はヌラヌラと淫靡に輝いている。

「卑しい粘液を垂らしてるのね。躾が足りないわね」

「……お行儀よくいたしますから、貞操帯を外してください」

篤子は必死で哀願した。

貞操帯を装着させられて三日経つが、そのおぞましい効果は骨の髄まで染み込んでいた。

牝畜丸で造られる無精子の分泌量は尋常ではないようで、思春期の性欲を数倍以上高めていた。

たった三日の禁欲生活が、篤子にとってはもう一カ月にも及ぶ苦行《くぎょう》のように感じられた。少しでも苦しみから逃れるため寝ようとしても、例の首輪の装置で他の男子とシンクロさせられ、卑猥な感覚を味わわされたのである。

男子とは男牝《おとめ》奴隷ではなく、赤紙が送られた者たちだ。彼らは帝国貴族に飼われるのではなく、まずは華族男子学校へと送られ、そこで寮生活をすることになる。

しかも、華族男子の務めと言わんばかりに、早朝から勉学に励み、午後から武芸に汗を流す。そんな絵に描いたような華族男子の生活を謳歌していたのだ。篤子にしてみれば死ぬほど羨ましかった。寮に帰ったら帰ったで、平民出の美しい女たちが彼らの部屋にやってくる。年は十二歳くらいから三十半ばと、どの女も粒揃いだった。

その女たちは、彼らを男にするために派遣されているようで、少年たちは毎晩のように女を抱いていた。

篤子は肉棒の痛みで目が醒め、ようやく寝ついたかと思うと顔見知りの少年が女を抱く場面を体験させられた。

常に頭の中は淫乱な妄想に取り憑かれ、射精欲求しかなかった。

（どうか射精させてくれ……あぁ、何でもするから）

射精できるとあれば犯罪さえ厭《いと》わないかもしれない。

だから、恥ずかしい命令にも素直に従ってしまう。

「スカートを脱ぎなさい」

「……はい」

スカートを脱ぐと、篤子はエリーザの足元に平伏して、従順さを示すために靴に接吻をした。

エリーザが杖で床を叩くと、杖は鞭へと変化する。

――ピシーン！

「あ、あくぅ」

「牝犬のように這うのよ」

篤子は広い部屋の中を鞭で追われながら這い回った。四つん這いの浅ましい恰好を意識すると、恥ずかしくてたまらないが、従順になれば射精をさせてもらえるかもしれないと期待した。

何周目かで今度は廊下に出た。

メイドたちがエリーザを見ると次々と平伏する。その前を篤子は四つん這いで進んでいく。鞭で打たれるたびに、双臀をくねらせた。

「ここよ」

やがて地下の一室に連れていかれた。

そこは白色で統一された空間で、まるで実験室のようだった。白衣を着た帝国人が忙《せわ》しなく動き回っていた。エリーザの来訪を知ると、口髭が白金色になった初老の帝国人がすぐに駆け寄ってきた。

「王女様、どうかされましたか？　わざわざご足労いただかなくても、ご連絡いただければこちらから伺いますので」

「いや、この子に見せたくてね。どう？　完成しているかしら？」

その意味を即座に悟った初老の帝国人は彼女を案内した。

「試作品は完成しております」

別室には青い培養液に入れられたピンク色の物体がいくつか浮かんでいた。

「こ、これは……」

篤子は思わず驚きを口にした。

「牝豚用の子宮よ。何度も使うと膣も劣化するでしょう?」

事もなげに言うエリーザが恐ろしくなる。

そして、篤子は改めて培養液の中身を見た。確かに教科書で見た子宮に似ている。そこから膣と思《おぼ》しき肉筒があり、無毛の女性器があった。

「こちらでございます」

案内された先には三つの女性器が培養されていた。膣道の長さがそれぞれ異なっているのがわかった。

「それぞれ小学生、中学生、高校生の平均サイズとなっております」

「これはあなたのものよ?」

エリーザが振り向いて篤子に言う。

「……」

篤子は絶句した。

帝国の技術力をもってすれば、器官培養も移植手術も容易なのかもしれない。

(女性器をつけられる……)

篤子をさらに脅迫するように、エリーザが初老の研究者に訊ねた。

「普通の性器と同じなの？」

「まさかそのような芸のないことはいたしません。膣の締めつけ力は普通よりも三倍はありますし、膣内の襞は増設していますから、いわゆる名器、まさに生けるオナホといえるでしょう」

さらに男は饒舌《じょうぜつ》になる。

「さらに処女奴隷と同じように、すべての性器に肉厚の処女膜を増設しており、何度破けても一晩で自然再生するようになっております。しかも、高校生のものには処女膜を二センチおきに三枚設置しておりますので、破瓜の手応えは抜群かと」

「……」

篤子は一気に血の気が引いていく。

「小学生と中学生のにも仕掛けはあるのかしら？」

「小学生のは尿道を緩くしておりますので、絶頂と同時に失禁することになります。中学生用は快楽拷問と呼びましょうか、なかなかの意欲作でございます」

「ほぉ、それは愉しみね。どんな仕掛けを施したの？」

「Gスポットにクリトリスを増設しております。ペニスで擦られるたびに何度も感じてしまうでしょう」

そのとき初老の研究員はニヤッと笑って黄色い歯を見せた。

「このオカマには、どれをつけやしょうか？」

「ふふふ、どれも魅力的だからもう少し考えておくわ。それに、それより先に教えることがあるからね」

「かしこまりました。オペが必要なときはお声をかけてくださいませ」

「わかったわ。じゃ、私のラボを見せてくれるかしら？」

エリーザは微笑むと、男がさらに奥にある厳重に閉ざされた扉を開いた。

篤子と早苗もそれに続く。

中には培養カプセルが十個ほど並んでいた。

その中には男性器が入っていた。

長さは最低でも十五センチほどあり、最大では三十センチ近くはあるだろう。中にはオレグのペニスのようにインプラントされ異様に疣《いぼ》が浮かび上がったおぞましいものもあった。

「最終的にはこれを受け入れられるように拡張してあげるわ」

エリーザはそう言って巨大な肉塊のカプセルを叩いて見せた。

「……そんな大きいの……入るわけありません」

篤子は首輪の装置で許嫁《いいなずけ》の咲良子の処女喪失を体験している。先ほどの培養された女性器の影響からか、自分の股間にも膣があるように勘違いして答えてしまう。エリーザはそれを聞き逃さず目を丸くして驚いたあと、上品に笑い声をあげた。

「もうすっかり女になる心構えはできているようね」

「……」

篤子は顔から火が出るほど恥ずかしかった。

エリーザは杖で篤子の尻穴を小突いた。

「男牝奴隷がまず使うのはここの穴よ」

「ひぃッ！」

「こっちの穴を小さいペニスで徐々に拡張していってあげるわ」

＊

エリーザが選び出したのは、もっとも小さいペニスだった。

ただし、そのサイズは篤子の勃起時とほぼ同じだった。帝国人らしく肉竿は真っ黒だった。亀頭の傘が毒茸《どくきのこ》のように開き、先端は赤みを帯びていた。睾丸も非常に大きく垂れていた。

それをエリーザは股間に押し当てると、不思議なことに黄金の陰毛が逆立った。そして陰毛が人造ペニスの根元に自ら埋没していった。一つひとつ神経が通じているのか、エリーザは人造ペニスを取り付けた瞬間、背筋を震わせて嬌声をあげた。

「あぁん」

エリーザが屹立した肉棒から手を離した。

息吹を得た男根は本物のように上下に脈打ちはじめた。先端の縦長の鈴割れから透明な先走り液が溢れはじめた。

「さて、行くわよ」

エリーザは篤子を研究室から連れ出し、さらに屋敷の外に出た。

ドームを見上げると雪が降っているようだったが、帝都租界は常春《とこはる》のようにうららかな日和だった。

庭を横切って湖畔に辿り着いた。そこには煌《きら》びやかなクルーザーが停泊していた。よく見れば、その外装には人が吊られていた。

全員日本人だった。

十人くらいだろうか。彼らは猿轡《さるぐつわ》を嵌められ、身体の半分近くが水に沈んでいた。

いるようだ。

エリーザの姿を見ると、彼らはくぐもった声をあげた。どうやら何かを要求している
しかし、エリーザは哀れな日本人にはいっさい関心を示さなかった。

エリーザは篤子と早苗を連れてクルーザーで出航した。すると船内の床と壁が透明に変化した。波に揺れる吊り下げられた日本人の姿が見えた。

「……彼らを助けてあげてください」

「あら、どうして？　罪人よ？」

エリーザは不思議そうな顔をして、床を指さした。

「見えるかしら？」

篤子は透明の底に恐るおそる目をやった。

「ひぃ！」

透明度が極めて高い湖は底まで見えていたのだ。その先には下界の旧東京が透けて見えていた。陽が届かない夜の街はネオンの明かりで照らされていた。まるで星空のようだった。海中には古代魚のような得体の知れぬ巨大な三匹の魚が泳いでいた。

「餌だと教えてあげなさい」

エリーザが命じると日本人を縛っていた足枷付近から血が流れた。その瞬間、古代

魚が顔を上げた。吊られた人間たちは懸命に暴れだした。

「岸まで泳ぎきったら恩赦《おんしゃ》を与えるわ」

その瞬間、彼らを拘束していた枷が外された。いっせいに海面に落とされたが、みな必死で泳ごうとした。そのたびに赤い血が尾をひいていた。古代魚が凄まじい勢いで上昇してきた。

口を開くと巨大ないかにも強靭《きょうじん》そうな歯が白銀色に光った。その口が閉じられたとき、あっというまに一人が飲み込まれた。

三匹の古代魚は次々と日本人を食べていく。海水がいたるところで紅く染まった。

その後、古代魚は船の周りを旋回した。まるでエリーザの姿が見えているようだった。

彼らは旧首都を睥睨《へいげい》するように海中を漂って、やがて遠ざかっていった。

「さて、と……」

エリーザが杖を篤子の前にこれ見よがしに掲げた。

先端の形状がいつのまにか変化し、亀頭のようになっている。質感も柔らかくなっており、粘膜の損傷を防ぐためのものなのは明らかだった。

「お尻を上げなさい」

「ひぃ、そんな太いものを入れられたら、裂けてしまいます」

篤子は必死で訴えた。

許嫁を通じて処女を何度も破かれる苦痛を経験している篤子は菊蕾への侵入を想像し、恐怖でパニックに陥りそうになる。

「早苗、手伝ってあげなさい」

「かしこまりました」

篤子の隣で早苗は膝をついて両手で尻朶を開き、無防備な菊の蕾を晒した。

そこに杖の先端が押し当てられた。

エリーザは杖を捻るようにして押し込んだ。

「む、無理です……あぐぅ」

逃げたくても首輪を引かれ、前進することができなかった。篤子はたちまち灼《や》けるような熱を肛門に感じた。

それに見かねたのか早苗が助け船を出してきた。

「王女様、わたくしにお嬢様の介助をさせてくださいませ」

「ああ、わかったわ」

早苗は杖と肛門の接点に舌先を這わせるとチロチロと愛撫をはじめた。次第に舌先に熱がこもり、菊皺を外に拡げるように舌を押し当ててきた。

「あ、あうぅ……あ、ダメです。お尻なんて……汚い」

「大きく息を吐いて、力を抜いてくださいませ」

放射状に広がったアヌスの皺を舐めようと、早苗はせいいっぱい舌を伸ばした。先端が数ミリずつ内部に潜り込んできた。

「あ、くぅ……あぁ、それ以上入れないで」

篤子の脳裏に咲良子の処女喪失の激痛が蘇《よみがえ》る。

身体に錐を打ち込まれるようなあの痛みだ。まだ肛門括約筋が疼いているだけだが、挿入されたら耐えがたい痛みに変わるはずだ。

それなのに、早苗は執拗に舐めつづけた。そのうち括約筋が蕩けるように柔らかくなっていく。両手で尻朶に円を描くように揉み込みながら、舌先で尻穴を押し開こうとする。

「だ、だめぇ……」

女の子のような甲高い悲鳴をあげた瞬間、首輪に激痛が走った。

その瞬間、弛緩しかけていた括約筋に力が入り、杖を少し押し戻すことができたような気がしたが、痛みが消えてひと呼吸した間隙《かんげき》をエリーザが見逃さなかった。

その勢いに篤子は慌てて肛門に力を入れたが遅かった。ついに直腸に杖が侵入してしまった。

「ひぃ、抜いてください。あぁ、あくひぃ!!」

「ほら、お尻に力を込めないと、もっと入っちゃうわよ」

「あひぃ、やめてください。あ、あうぅ……」

篤子は異物を押し戻そうと懸命に腹に力を込めた。しかし、エリーザが少し力を加えるだけで杖が深く潜り込んでいく。

「んんん」

処女喪失のような肉を裂くような痛みこそなかったが、胃が押し潰され内容物を吐き出しそうになる圧迫感はアヌスのほうが強烈だった。

「お尻を嬲られるのはどう?」

「あ、あうぅ……気持ち悪いです。あくぅ」

「あら、そうなの？　これくらいで音《ね》をあげたらダメよ」

エリーザは杖を軽く動かしてS字結腸まで杖を挿入して言葉を続けた。

「この杖が鞭にも変化するのは知っているわよね?」

「は、はい……」

どういう仕組みで物質を変化させているのかは理解できない。だが、テクノロジーや文化で負けるのは我慢できるが、精神的に負けるのは耐えがたいことだった。

(心だけは屈してはいけない……華族の矜持《きょうじ》は失わない)

そう決意した矢先、篤子は想像も絶するおぞましい体験をすることになった。

エリーザが杖を軽く右へ左へと振ると、S字結腸の奥に違和感があった。

「ひぃ、あぁ、奥に入ってくる」

「うふふ、杖は蛇のようになって穴の奥へ奥へと自ら進んでいくのよ。見てごらんなさい」

篤子は後ろを振り返ると、お尻から突き出ている杖がうねっていた。

「……嘘。こんなの嘘だッ！」

「お腹を触ってごらんなさい」

エリーザに命じられたが、それが現実であることを認めたくはなかった。だが、早苗が篤子の手を取って腹に導いた。お腹の中で何かが蠢いていた。蛇と化した杖がゆっくりと動いているのだ。

汗が一気に噴き出し目眩《めまい》がした。あまりのショックに意識が朦朧としてきた。篤子は現実から逃れるために失神したほうがマシだと思った。しかし、首輪から何かの薬物が注入されるのか、意識を失うことはできなかった。

「どう素敵でしょう？　アヌスを嬲られるのが好きにならない？」

「お願いですから、もう抜いてください」

「聞かれた質問に答えるのよ！」

エリーザがさらに杖の捻りを加えると、大腸の中でも先端が大きくうねりながら前進していく。

「大好きですと答えるのよ？　篤ちゃん」

早苗がそう小声で囁いたような気がした。「篤ちゃん」と呼ぶのは瑠璃子だけだ。だが、朦朧とした中での幻聴だったのかもしれない。意地を張る気力はすっかり萎えていた。

「……大好きになれそうです。篤子はお尻の穴を可愛がってもらいたいです」

「男牝奴隷のその器官は『ケツマ×コ』と言うのよ。覚えておくといいわ」

さらにエリーザが杖を激しく揺らした。

あまりの異様な感覚に篤子の視界はチカチカと明滅した。

「どうか篤子のケツマ×コを存分にお愉しみくださいませ」

「それじゃ、たっぷりと調教してあげるわ」

「くひぃ……」

「すぐ本物も咥えられるようにね」

「あ、あうぅ」

篤子はエリーザに飼われたことで、ホモセックスを避けられたと安堵していた。だが、どうやら、相手はエリーザばかりとは限らないようだ。

「あら、嫌なの？」

「い、嫌じゃありません……」

「本当？　この前みたいに後ろから犯してあげてもいいのよ？」

エリーザは優しい声だったが、もしその提案に乗ったら最後酷いことになるのだろう。

「お尻の……ケツマ×コに王女様の立派なものを挿入していただきたいです」

「今すぐに？」

「はい……篤子はケツマ×コの処女を……王女様に捧げたいです」

卑屈に迎合して媚びを売るしかなかった。

それでも、エリーザは焦らすように篤子の腸を玩弄しつづけた。

「うふふ、男牝奴隷の自覚が出てきたわね。じゃあ、浣腸で綺麗に洗浄したあと、ケツマ×コを犯してアナル好きの少年奴隷に仕上げてあげる」

エリーザは杖の柄をなにやら弄《いじ》ると、杖の先端がミミズのように細くなり、スルリと抜け落ち、そして再び杖に戻った。

篤子の蒼褪《あおざ》めた顔に杖が差し出された。

杖から今にも湯気の立ち昇りそうな熱を発していた。篤子が表面の匂いを嗅ぐと、明らかな異臭を放っていた。

「この臭いは何かしら？」

「あ、あぁ……」

わなわなと震える唇に杖の先端が当てられた。

「私の杖を穢したものは何かと聞いているのよ？」

「う、うぅ……ウンチでございます」

「じゃ、どうすればいいかわかるわよね？」

篤子の唇に杖をなすりつけながらエリーザが詰め寄った。

「……はい」

篤子は舌を伸ばして、杖の穢れを舐め取るしかなかった。

＊

船内には責め具が一式取り揃えられていた。

早苗はガラス製浣腸器にグリセリン溶液を三百CC注入し、それをエリーザに差し出した。

「まずはおまえが手本を見せておやり」

「かしこまりました」

早苗はメイド服のミニスカートを捲り上げると、尻朶を開いて桃色の窄まりを見せた。

そこに嘴口を差し込むと、細い顎を突き出して身悶えした。

「尻の穴が嬉しそうにヒクついているわよ」

「あぁ、王女様からお浣腸をしていただき感動に打ち震えております」

その甘えるような声から、二人の関係が深いことが窺えた。

（そういえば、早苗は瑠璃子お姉様の世話役もしていたんだ）

浣腸が終わると、早苗はすぐにエリーザのスカートを捲り上げた。その股間には人エペニスが聳えていた。

お腹を押さえ、もう一方の手で肉棒の根元をしごきながら、熱っぽいフェラチオを続けた。

「ウンチがしたかったら、まず私を満足させるのよ」

「……はい」

激しい口唇奉仕に、エリーザは目を細めて堪能した。

「そろそろいいわ。篤子に見せたいものがあるでしょ？」

「ああ、もっとご奉仕したいのに……」

「仕事をちゃんとこなしたら、もっと虐めてあげるわ」

早苗は名残《なごり》惜しそうに、エリーザの肉棒から口を離すと、鞭を手に取った。三十センチほどの平たい鞭である。

そして、篤子の前にすっくと立った。

いつもの優しさが消え失せ、目が冷徹に輝いていた。

「お嬢様の躾も今日から私が担当します」

「……え？」

「鞭と浣腸とどちらがいいですか？」

早苗は篤子の動揺にかまわず、威圧感たっぷりに質問した。

「……」

「これから何をすると言いましたか？」

「うぅ、お浣腸です」

「じゃあ、欲しいのはどちらですか？」

「お浣腸でございます」

篤子がようやく答えると、早苗は鞭を振ってその腰を打った。

「違います」

「あぅ……」

「どちらもくださいと言うのです。お仕置きだけは贅沢が許されるのですからね」

「あっくぅ……そんなぁ」

再び鞭が尻を叩いた。

早苗のお腹からは雷鳴みたいな音が響いている。彼女も苦しいのであろう。エリーザから調教師の重責を預かり、失敗はできないとばかりに必死になっているのだ。

早苗が体重をかけて重みのある一撃を与えた。

「くひぃッ！」

「お尻を高く上げて、王女様に見て愉しんでもらうことを意識するのです」

篤子は泣くなく尻を突き上げた。セーラー服から剝き出しのなよなよした双臀を早苗が打擲《ちょうちゃく》するたびにそこが赤く染まった。

「最高のマゾは調教者としても優秀のようね」

エリーザが珍しく褒めそやした。

「もったいないお言葉、ありがとうございます」

早苗は鞭を見事に操った。それまで臀部全体を嬲っていたのに、次第に谷間へと範囲が狭まってきた。

「あぐぅ、あひぃ！　痛いッ！」

尻穴を打擲されるたびに篤子は鋭い激痛を味わった。懸命に尻を揺らしてかわそうとしたが、的確に狙ってくる鞭から逃れることはできなかった
（しつこくお尻の穴を狙ってくる。そんな敏感なところを打たれたら……）

鞭で無慈悲な愛撫をされた双臀は肉の奥に疼くような痛みを感じていた。皮膚を弾くようなパシーンという音が響いたかと思うと、それまでにない鋭い痛みが肛門を駆け抜けていった。

「あ、あぐぅ……あひぃ」

「鞭で打たれて熱くなったところに、お浣腸をされたら病みつきになりますよ」

「あぁ、お浣腸も受けますから……鞭はもうかんにんしてください」

「わかりましたわ」

そう返事をすると同時に、強烈な一撃を篤子の菊門に与えた。

脳まで揺さぶられる打擲の苦痛に篤子は床に突っ伏してしまった。その間に、早苗が取り出したのは透明のチューブだった。それをすかさず自分の股間に埋め込んでいった。早苗のほうのチューブはさらに細い管に分かれており、その先端を割れ目に挿入した。

「んん、んあぁ！」

最初は膣に入れていると思ったが、どうやら違ったようだ。なぜなら、細いチューブの中に黄色い液体が流れはじめたからだ。チューブの先端はクリップで締められているので、こぼれ落ちることはなかった。

(オシッコだ……ということは、チューブは尿道に入れたのか!?)

だが、早苗がなぜこんなことをしたのかが篤子にはわからなかった。

早苗がお腹を押さえながら、再び篤子に指示を出した。

「お嬢様、お尻を上げてくださいませ」

「……変なことはやめてください」

「お浣腸だけですので、ご安心ください。さあ、自分でお尻を開いて見せてください」

篤子は渋々両手で自分の尻を開くしかなかった。

早苗はチューブの先端を菊の窄まりに押し込むと、クリップを外した。

「あ、あひぃ……」

直腸に生温かい液体が流れ込んできた。もちろん、早苗の小水である。かなり我慢していたのか、かなりの量が篤子の体内に注ぎ込まれていく。

たちまち脂汗が滲み出した。

「あ、あくぅ……もう抜いてください」

「まだ終わってませんよ。もう少しお待ちください」

早苗は眉間に皺を寄せて唇を真一文字に結んだ。どうやら息んでいるようだ。

それと同時に尻穴から伸びたチューブに変化が起きた。さっきは親指ほどの太さだったのに、ボコッと膨らみはじめたのだ。早苗から黄金色の濁流が一気に流れ込んできたのだ。

「いッ!」

それを防ごうと篤子は必死で尻に力を込めた。

しかし、チューブを押し拡げる圧力のほうが強く、容易に肛門が押し広げられてしまった。直腸を逆流しながら入り込んでくる内容物の衝撃は凄まじかった。身体に鉛を流し込まれるような重みを感じ、篤子は嗚咽を溢《こぼ》した。

「んんぁ、熱いのが入ってくる……あぁ、いやぁ！」

尻の穴が火傷《やけど》しような熱さだった。

鞭で打たれた肉の疼きと直腸内部を押し拡げる早苗の汚物の熱に篤子は発狂せんばかりに身悶えた。

＊

「あう……」

篤子は腹部を押さえて迫りくる便意に翻弄されているというのに、早苗はすっきりした顔で責め具を片付けていた。

その間、クルーザーはさらに湖の底に沈んでいった。なんと潜水も可能だったのだ。

帝都租界の支柱である高層の建造物が見えた。エリーザが手をかざすと、映画のスクリーンのように、ビルの外観が映し出された。さらに合図を送ると、今度はビル内部と思われる一室がホログラムのように浮かび上がった。

見覚えがある室内は、篤子が神谷と出会った場所だった。

「あッ」

一人の男を見つけ、篤子は呻き声をあげた。

それは父の友人である神谷であった。大地震のショックからか、一気に白髪が増えていた。

「なかなか仕事熱心なようね」

「なぜ、神谷さんが……」

「ある種のホログラムと言ってもわからないでしょうね」

帝国の技術なのだろうが、篤子には魔法にしか見えなかった。

「ちょっと真実を教えてあげようと思ってね」

エリーザはそう言って悪戯っ子のように微笑んだ。しかし、その笑みの下には残酷な悪意が隠されていることを篤子は知っていた。

篤子は首輪のリードを引っ張られた。

エリーザは腕組みをして神谷を眺めていたが、相手が気づかないようなので咳払いをした。

「誰だ⁉」

神谷は驚きのあまり椅子から転倒しそうになった。

どうやら向こうもこちらが見えるようだ。

早苗が朗らかな声でエリーザを紹介した。

「帝国の王女エリーザ様と男牝奴隷の白藤篤子でございます」

神谷の視線が篤子で止まり、歯軋りをした。

「もしや、篤胤くんか⁉ やはり帝国の鬼畜どもは……」

血走った目でエリーザを睨んだ。

神谷は机の引き出しから銃を取り出すと、躊躇なくエリーザを撃った。頭と心臓を立て続けに二発打ち込んだ。

「せっかちな男ね」

「どういうことだ⁉」

意外な出来事に神谷は目を見開いてさらに四発撃った。

弾が切れると銃を投げつけ、部屋から逃げようとした。

帝都租界に無知な日本人に帝国の非人道的な行為を知らしめるという正義が神谷を衝き動かしたのだろう。

しかし、ドアが開かなかった。

「誰か！　開けてくれ！」

本来なら外には上級職員の部下がいるはずだ。反応がないのはどう考えてもおかしかった。

「あなたの部屋は防音室になっているの。知らなかったのかしら？」

「いつのまに!?　何が目的なんだ？」

「目的？　私はただ親切なだけよ。帝都でご学友の息子がどういう扱いを受けているか教えてあげようと思ってね……あなたも薄々気がついていたでしょ？」

神谷の視線が篤子に注がれた。

「み、見ないでください」

「違うでしょう？　見てくださいと言うところでしょ？」

エリーザが首輪を引っ張り、篤子を膝立ちにさせた。

上はセーラー服のみで、下半身は丸出しになっていた。股間に本来あるべき飾り毛は失われ、その代わりに冷たそうな貞操帯が男根を封じ込めていた。

エリーザがセーラー服を捲り上げると、見事な乳房がぽろりと躍り出た。

「それは!?」

「偽物じゃないのよ」

背後から篤子の乳房を揉みしだきながら見せつけた。

「……なんてことを」

乳首を抓《つね》られるたびに篤子は痛みとともに甘い疼痛を感じ、おかっぱの髪を左右に揺らした。

エリーザが乳房を下から持ち上げて篤子を立ち上がらせ、そのまま神谷のほうに押し出した。

「く、来るな……」

神谷は後退り、書棚にぶつかった。すると、写真立てが床に落ちた。その中には篤胤の写真もあった。

「この娘が帝国の家畜として飼育されているという証拠が欲しいんじゃないかしら?」

エリーザの意図を悟った篤子は身を捩《よじ》った。しかし、猛烈な便意に苛《さいな》まれ、弱々しい抵抗しかできなかった。

神谷はカメラを手に取った。

「……やめてぇ」

篤子は神谷に懇願した。

写真は帝国の悪行の証拠となるだろう。そうなれば公爵位にある父の元胤にも報告されるはずだ。それを想像するだけで、篤子の胸は張り裂けそうになる。

「お願いですから、写真は撮らないで……」

「……帝国の横暴をあばくチャンスはそうあるものではない。これは使命なんだ」

神谷は震える手でカメラを構えた。

「それならそうと、篤子もとっておきのシーンを見せてあげないとね」

エリーザはいつもの微笑みを見せると、篤子の肩を押した。

「さあ、見せてあげなさい」

「ああ、どうかおトイレに……連れていってください」

カシャと乾いた音が聞こえた。

神谷が撮影を開始していた。振り返った篤子は眩いフラッシュを浴びた。

「ほら、さっさと座りなさい」

篤子はそこで和式便器に跨がるような姿勢を取った。セーラー服から剝き出しの双臀が神谷に丸見えのはずだ。

「ほら、モデルなんだから、ちゃんと顔も撮ってもらわないと」

後ろを振り向くよう促《うなが》された。泣き顔も撮影されてしまう。

「ああ、もうだめぇ、出ちゃう……あ、あくぅ」

括約筋を緩めたら人間の尊厳を捨てることになることはわかっていた。神谷が自分のアヌスまで撮影しているはずだ。その菊門が開くと同時に中からグロテスクな物体が噴出することになる。

それを想像すると篤子はこの場から消えてしまいたかった。

しかし、撮影のことなど気にする余裕もなくなってきた。頭の中は出してしまいたいという欲求に支配されていく。ブルッ、ブルッと菊蕾が内側からの圧力で痙攣した。

「あ、あぁぁ……」

泣くような喘ぐような悲鳴を篤子はあげた。

――ブリッ……ブブ、ブリブリィ！

後ろの穴が大きく開くと同時に、下劣な放屁音が鳴り響いた。それと同時に黄土色に変色した早苗の尿がプシャーと勢いよく飛び出した。

もうその後は、括約筋を締める気力は残っていなかった。

次から次へと浣腸液を吐き出したかと思うと、開ききった尻穴からブリブリと下品な音を響かせた。そのたびに篤子自身のものか早苗のものかわからない軟便をひり散らかしたのだった。

「人前なのに恥ずかしげもなく、よくそんなことができるわね」

「あぁ、見ないで……」

篤子は見ている者が不憫《ふびん》になるほど悲痛な叫び声をあげた。

だが、恥ずかしさの中に強烈な快楽も確かにあった。先ほどまでアヌスをさんざん嬲られていた篤子にとっては、身を捩《よじ》ってしまうほど狂おしい刺激だった。

その証拠に貞操帯からトロトロと蜜液を垂らしていた。

「これで綺麗になったかしら？」

エリーザは可愛がるように、まだ放屁が続いている篤子の尻穴に指を突っ込んで掻き混ぜた。

「あ、あうぅ」

「さぁ、後ろの処女を散らすところを撮影してもらいましょう」

「あ、もう撮らないでぇ……」

涙を流しながら篤子は神谷に訴えた。

だが、彼が構えた冷たいレンズに見据えられたままだ。

「華族の子女がどれほど恥ずかしい扱いを受けているかをちゃんと伝えるように」

「あぁ、私は女子じゃないのに！」

「牝豚だったわね」

エリーザが指を引き抜いたとたん、菊門から少量の黄金が飛び出した。

そして目の前に指を突き出されると、それを咥えて舌を絡めるのだった。

＊

篤子はエリーザの指が口から引き抜かれたあと、ハァハァと息を荒げていた。

「この娘は色っぽいでしょう？」

エリーザは新人奴隷の顔を上げさせた。

美少年は頬が上気して瞳が潤んでいる。眉根を情けないほど垂らしていた。

「……」

「どんな色気のある牝豚になるか愉しみだわ」

エリーザは本当に目を細めて嬉しそうに言った。それはペットを自慢するのに似ていた。

そして首輪を引っ張って立たせ壁に手をつかせた。

篤子も理解したようで、背中を反らして桃尻を高く持ち上げた。

エリーザはスカートから肉棒を取りだした。

「な⁉」

カメラマンと化している神谷が驚きの声をあげて、帝国人の奇妙な身体を撮影した。

エリーザはその肉棒を誇示するように擦って見せてから、篤子の腰を摑んだ。

「行くわよ」

エリーザが亀頭をアヌスに押しつけた。少し体重を乗せるだけで、菊蕾を押し破って亀頭が潜り込んでいく。

「ひぃ……」

悲鳴と同時に篤子は反射的に身体を硬直させた。

「ああ、チ×ポが締めつけられているわ」

エリーザは肉棒を突き出した。入り口の締めつけがさらに圧を加えてきて、恐ろしいほどの快感が背筋を駆け抜ける。

さらに体重をかけ、ペニスがぐぐっと奥へと侵入していく。

「あ、あひぃ……」

篤子は肛門の内部で火がついたような痛みを感じた。

咲良子で疑似体験した処女喪失の痛みとリンクした。こうして自分は女に変わっていくのだという予感がした。

しかし、エリーザが肉棒を引くと、未知の快感に襲われる。

先ほどの排便で感じた快楽をさらに倍加したような刺激だった。

「ひぃ、んはぁ、う、動かないでください」

あまりに強烈な快感に篤子は動揺し、後ろを振り返って懇願した。

しかし、エリーザは意に介さず忙しなくピストンを繰り出した。

二人の巨乳はゆさゆさと揺れている。

「ああ、男も満更でもないわね。この征服欲は病みつきになりそう」

エリーザは篤子の乳房を鷲掴みにした。

「あぐうぐぅ!」

篤子は苦悶した。しかし、それ以上に肉棒の圧迫感に苦しめられた。そして苦痛や屈辱感が強ければ強いほど、ペニスを抜かれるときのアナル感覚は激しいものになる。

しかも、亀頭の傘が腸壁や肛門に引っかかり、背筋を震わせるほどの快楽があった。

(あぁ、わたし……女にされてしまうんだわ。あぁ、女のように犯されるなんて嫌なのに……どうして、感じてしまうの?)

感じれば感じるほど、篤子の分身が苦痛に苛《さいな》まれた。そして、気づかぬうちに心の声までも女言葉になっていた。

勃起したくてたまらないのに貞操帯に阻《はば》まれてしまう。乳房や肛門の痛みは快楽を伴《ともな》うが、肉棒の痛みは男であることが罪であるとでも言わんばかりだ。

「クリペニスが痛い、痛いです」

「男に生まれたことを後悔させてあげるって言ったでしょう?」

エリーザは太い黒棒を根元まで一気に突き入れた。

「あ、あうぅん、あひぃ……クリペニスを触らせてください。あぁ、イカせてぇ!」

ますます快楽が高まってきた。

だが、篤子は初体験のときの恐怖が蘇ってきた。

「あ、あぁ、怖いぃ！　怖いわ！」

篤子が悲鳴をあげればあげるほど、エリーザはピストン運動を激しくしていった。白い双臀を快楽で桃色に染め上げていく様をつぶさに捉えていたはずだ。さらに人工ペニスが出入りしている窄まりを充血させていくことを愉しんでいるにちがいない。

「本当に日本人って嬲られるために生まれてきたみたい」

ある種の感慨に耽っているのか、エリーザはそうつぶやいた。

貞操帯に触れられたが、もちろん篤子はその刺激で絶頂に達することはできない。

それなのに、腰を浅ましく動かして媚びてしまうのだった。

「少しクリペニスを弄《いじ》ったくらいでつけ上がったらダメよ」

貞操帯から手を離すと、尻を激しく打擲した。

「あひぃー、お許しください……あぁ」

「お尻を叩くたびに、切なそうに食い締めてくるのね。健気でいいわよ」

スパンキングするたびに、エリーザの肉棒を締めつけてしまう。それだけでなく、腰の動きをエリーザの挿入に同調させもした。

「あぁ……」

エリーザが腰を止めると、篤子はアヌスを収縮させながら、ゆっくりと出し入れを始めた。

「ふふふ、いい子ね。あの男に教えてあげなさい」

「……」

「そうね。まずは自分の身分を名乗るのよ」

「は、はい……わ、私はごらんのとおりエリーザ王女様の男牝奴隷の篤子でございます」

「今何をされているのかしら？」

「ケツマ×コを犯していただき牝豚にしていただいてます」

「最後に男牝奴隷の射精を見せてあげるわ」

エリーザは神谷にそう宣言すると、篤子の片脚を持ち上げ、亀頭の先端を前立腺目がけて突き刺した。

「あ、あひぃ、あぁ、あぁあーッ！」

篤子の喘ぎ混じりの悲鳴が微かな声音《こわね》に変化した。

「イクわよ」

エリーザがまず射精を始めた。

菊蕾で押さえつけているのに、人工ペニスが激しく跳ねた。そのたびに熱い粘液が吐き出されているのがわかった。

そのとき、篤子の意思とは無関係に不意に射精快感が襲ってきた。

「あぁ、イキます。篤子もイキますぅ！」

貞操帯がピクピクと痙攣しはじめた。

痛みに息が止まりそうになる。会陰の底からマグマが爆発した。ドクン、ドクンと脈動するたびに尿道を白濁液が駆け上がる。しかし、貞操帯で圧迫されているために、尿道も狭まっている。

本来勢いよく放たれているはずの白濁液が三拍ほど遅れて尿道から放出した。ただ、それは勢いを削がれ、重たげにドロリと流れ落ちるだけだった。

しかも、あの解放的な射精の狂おしい快楽も驚くほど薄かった。

「あ、あああぁ」

消えていく快楽を捕まえるように篤子はお尻を振り乱した。しかし、期待した絶頂感はまるで得られなかった。

＊

神谷は無心でシャッターを切っていた。

「これでわかったでしょ？」

エリーザがさも当然といった口調だった。

「……」

「日本人は家畜以下だってことよ」

「ふざけるな。日本人の精神は死んではいない。玉砕覚悟で帝国人を根絶やしにだってできるんだぞ」

神谷は吐き捨てるように言った。

「たとえば？」

エリーザが訊くと、神谷は口の端を歪めて叫んだ。

「……悪魔にだって魂を売るさ」

「親友の息子に致死性のウイルスを仕込むとか？」

神谷の顔がさっと蒼褪めた。篤子は神谷の部屋で注射されたことを思い出した。神谷はそれを否定もせず、哄笑《こうしょう》をあげた。

「そうだ。時間の問題だ。おまえたちは身体が腐敗して死ぬことになる」

「残念だけど、選抜生にはいかなるウイルスにも耐性があるわ。あなたが初めてじゃないのよ？」

「ワクチンもないウイルスだぞ」

「それはそもそも私たちが開発したものよ。当然、抗体も作ってあるわ」

「う、嘘だ……」

「信じるも信じないもご自由に……」

エリーザは相変わらず篤子の乳房を揉みながら訊ねた。

「帝都租界の柱をすべて爆破してやる」

「うふふ、そんなことしなくてもいいのよ？」

エリーザは嗤《わら》った。

愚かな人間の前で慈悲さえ感じさせる笑みだった。

「何がおかしいんだ!?」

「だって、あなたの命はもうすぐ尽きるんですもの」

そう言ってエリーザは扉に手をかけた。先ほど神谷が開けようとしてもびくともしなかった扉が難なく開いた。

別室で上級職員たちが仕事をしていたが、一人が異変に気づいた。

「なんだ、この臭いは？」

彼らは異臭が漂う神谷の部屋を見て驚いた。

そこには黒い肌色に黄金の髪をうねらせた美人が立っていたからだ。

神谷が隙を見て、部屋に駆け込んでくる。

「逃げるんだ！」

神谷がそう言った瞬間、エリーザが微笑んだ。

「広島県のみなさん、毎年質の高い牝豚を出荷してくれて感謝するわ。でも、もうお別れの時間なの……さようなら」

エリーザが言い終わるやいなや、異様な縦揺れを感じた。

前回の地震よりもさらに揺れが大きかった。壁に亀裂が走り、地響きがする。

「いやぁ！」

そう叫んだ篤子を早苗がすぐに抱きしめて言った。

「ここは安全です」

だが、にわかにその言葉を信じることはできなかった。部屋は激しく上下に揺れ、神谷が必死で床に這いつくばっている。一瞬、神谷と目が合った。絶望と失望をない交ぜにしたような目だった。

次の瞬間、神谷が落ちてきた天井に潰された。

「いやあああぁ！」

映像が途切れ、篤子は船の中にいた。柱がゆっくりと倒壊するのが見えた。

窓から飛び降りるのが人なのか瓦礫なのか判別できなかった。

篤子は膝を折った。

「……あぁああ、ああッ」

第六章　華族牝学園の正体

華族牝学園は帝都租界内に九カ所設置されている。

帝都租界が広いというのもあるが、選抜生が年ごとに同じ学校に集められるのは別の意味があった。

新入生が先輩奴隷の姿を目にして悲観させない狙いがあるとされていた。しかし、帝国貴族の中には何人もの牝豚や男牝《おとめ》奴隷を飼っている者がいるので、これは方便でしかなかった。

それよりも、共に同郷の人間をまとめることで、互いが置かれている状況を共有させて、惨めさを募らせる狙いのほうが強かった。そして、それを実行するために落第や編入などの決定権はすべて飼い主である貴族が握っていた。

「今日から、こちらで学ぶことになります」

早苗は例の少年たちの牽く人力車を操りながら、篤子を連れていった。

学校は小高い丘の頂上にあり、人力車は満開の桜の並木を走った。両脇のぬかるんだ道に日本人が集まり、卑猥な怒声を新入生たちに浴びせかけていた。

篤子も「牝豚」や「売国奴」などと罵倒された。

それを聞きながら、自分はもう男とみなされないのが悲しかった。

他の女子生徒と同じように、篤子もセーラー服にプリーツスカート姿である。そして、国旗を模したスカーフ。そこには咲良子の飛び散った純潔の証《あかし》が染み込んでいた。どういう加工が施されているのか、たった今滴り落ちたばかりの血のような色合いをしている。

他の女子生徒を見ても、セーラー襟からはみ出したスカーフが赤く染まっていた。奴隷の証である首輪と破瓜《はか》の証のスカーフ。いったいどちらが恥ずかしく惨めだろうか。

篤子はそのようなことをふと考えていると、車を牽く少年たちの背中が鞭で裂けた。肩で息をしながら、重たい車を牽いて坂道を登り、やがて華族牝学園第七厩舎に到着した。

高い堅牢な門は鉄格子が閉められたままで、戦前に実在した名のある女子校の校舎が見えた。

壁にはまるで美術品を展示するように、蒼い溶液に入ったガラス瓶が嵌め込まれていた。一見、美しかったが、目を凝らすとゾッとして思わず小さな悲鳴をあげた。

そのガラス瓶の中に入っているのは人間だったからだ。

これまで惨殺された少年少女たちが保存されていたのである。その中に見覚えのある顔もあった。

「……夏之丞くん」

新幹線で出会った少年がいた。しかも、そのガラス瓶には窮屈そうに女の子も入れられていた。きっと妹だろう。あのとき首を切り落とされたはずだが、二人の首は丁寧に繋がれていた。しかも、悪逆非道なのは二人の頭が互い違いになっていたことだ。

「……あんまりだ」

死者を冒瀆《ぼうとく》する帝国のやり方に心底怖気《おぞけ》を震った。

ただ、ガラス玉のような目をした夏之丞は意外なほど穏やかな顔をしていた。

死は安らぎなのかもしれない。篤子がそう思った瞬間、早苗に釘をさされた。

「お嬢様も反抗しようなどと思わないことです……お家にも厄災が降りかかりますか

ら……」

「……だけど」

早苗は篤子の反論を無視した。

「門はこちらでございます」

早苗が指した先には、帝国の男性軍人が立っていた。よく見るとその背後には穴が開いており、華族令嬢たちはわざわざ軍人の股座《またぐら》をくぐらないといけないらしい。

そこで早苗と別れ、篤子は順番を待つ生徒たちの列に並んだ。

篤子の番が来た。みんなと同じように四つん這いになって帝国軍人の股座をくぐり、背の低い門に入っていく。壁は厚くかなり這ったまま進まねばならなかった。

ようやく中に到着すると、中庭のような広場になっていて、そこには別の軍人がいた。今度は女性だった。

しかし、顔には見覚えがあった。

以前出会ったエヴァだった。

「おめでとう。今日の便器当番よ」

「え？」

エヴァの背後には他の帝国軍人の女が何人も控えていた。目の前に台がいくつか並んでおり、そこに少女が乗せられ股を大きく開いていた。一人の少女は股間に紙オムツを当てられていた。もう一人はすでに紙オムツを穿かされて、オムツカバーを当てられているところだった。カバーには「牝豚高等部二年梅組便器：C班用」と書かれていた。

「ほら、早く来なさい」

帝国軍人は片眼鏡をかけていた。あの情報が投影されるやつだ。

「あら、おまえは牡なの？」

その言葉に他の軍人も反応した。エヴァの手には真新しい紙オムツが握られていた。

「あら、これではないわね。ちょっと待ってなさい」

篤子が待っているあいだに、次々と少女たちが入ってきた。どの穴から這い出ても、簡易な肉体検査が待っていた。座薬を肛門に挿入されている少女もいた。

やがて咲良子が現れた。お尻を剝き出しにされると、座薬を挿入された。咲良子は顔を覆って泣きだした。

篤子にはどうすることもできなかった。彼女が毎日のように破瓜を強制されていることを知っているし、なにより自分は彼女と同じセーラー服を着ているのだ。

「あッ……」

顔をそらしていたが、咲良子のほうが篤子に気づいたようで、校内へと逃げるように走っていった。

（こんな情けない姿を見られたんだから仕方ない……）

それからほどなくして、一人の女子生徒がやってきた。広島県出身者で咲良子の親友・香菜子《かなこ》だった。自らスカートを持ち上げることに抵抗していたが、軍人に捲り上げられると紙オムツが丸見えになった。

どうやら、初日に失禁してお漏らし奴隷にされたようだ。

「これと交換してくれる？」

エヴァが新しい紙オムツとともに、篤子の手を引いた。

それを見た香菜子は驚いた声をあげた。

「あ、篤胤先輩!?」

「……」

篤子が沈黙していると、首輪が灼《や》けるように熱くなってきた。

「違います……男牝奴隷の篤子と申します。お、オカマなので……女子校に通わせていただきます」

事前にエリーザから教えられていた口上《こうじょう》を述べた。

香菜子は初めは同情したふうだったが、篤子の乳房の膨らみやセーラー服に気がつくと、嫌悪する目つきになった。それはさらに次の命令で増幅された。

「おまえのその濡れた紙オムツを、このオカマに穿かせるのよ」

「い、いやぁあ、あぐぅ！」

必死で拒絶したが香菜子は首輪を押さえられて膝を折った。

軍人が両脇を抱《かか》えて無理やり紙オムツを脱がした。そして、新しい紙オムツに交換される。だが、そんな恥ずかしい行為を見られることよりも、自分が濡らした下着を他人が穿くことのほうが耐えがたいのだろう。しかも、相手が男とあればなおさらだ。

濡れたオムツはぐっしょりと重たくなり、とても甘い薫りを放っていた。それは篤子のセーラー服から漂う匂いよりも、純度の高いアンモニア臭だった。

「お願いです。男の人に穿かせるなんてやめてください。あぐぁうぁ！」

「お漏らしするような緩いお股がいけないんでしょう！」

香菜子は帝国人に囲まれて揶揄《やゆ》されながら、校舎のほうへと連行された。

やがて、篤子も台に乗せられて、その濡れた紙オムツを当てられた。香菜子の温もりが伝わってきた。

貞操帯の中で肉棒が膨らもうとして痛みを覚えた。

「おまえは中等部三年藤組に行くのよ」

＊

入学式は開かれなかった。

一学年は松、藤、梅、竹、桜、紅葉《もみじ》、楓《かえで》の七クラスに分かれていた。初等部は四年生からで、一クラス五人の少数精鋭。中等部は十五人。高等部は二十五人だった。

篤子は春から高等部一年松組のはずだが、中等部三年藤組の教室へと連行された。

そこは普通の教室で、咲良子と香菜子が席を並べて座っていた。

その後ろに二つ席が並んでおり、最後尾にもう一つ席があった。どうやら、五人で一班となっているらしい。

「さっさと席につきなさい」

教師が現れたが、意外なことに日本人の女性だった。意地の悪そうな三角眼鏡をしていたが、それが非常に似合っていた。貧相な体型と相俟《あいま》ってカマキリを連想させる女だった。

登校初日、他の生徒たちは篤子が男であることに気づいていなかった。しかし、広島県出身者はさすがに気づいていた。クラスには咲良子を含めて三名もいるのだ。どうやら、同じ国ごとに教室を振り分けられているようだ。

いきなり授業が始まった。

授業内容は華族女学園の中等部と同じだった。ただし、休憩時間がなかった。一限ごとに教師が次々と交替した。

三限目になり一人の少女が身体をもぞもぞさせはじめたかと思うと、恥ずかしそうに手をあげた。

「す、すみません……」

「授業中になにかしら？」

肥満の中年女教師が冷ややかに問いただした。

「……お、おトイレに行かせてください」

「私の授業がつまらないっていうの？」

「そういうわけでは……」

女教師はつかつかと少女のもとに歩み寄り、項垂《うなだ》れた少女の顔を上げさせた。首輪を確かめ、不機嫌な表情を一変させた。

「あら、おまえは男牝奴隷なのね。うふふ、いいわよ。では、牝豚たちの排泄の作法を教えてあげるわ。ほかにもしたい娘はいるかしら？　あとで訴えても遅いわよ？」

何人かが恐るおそる挙手した。

篤子の班でも香菜子が顔を赤くして手をあげた。

「今日の便器当番は立つのよ」

「……」

篤子たち最後列の三名が起立した。

「オシッコをしたいものは、椅子の上で蹲踞《そんきょ》の姿勢を取りなさい」

指示された少女たちはいっせいに小さな悲鳴をあげた。

「一分以内よ？」

「……」

しかし、少女たちは動揺するばかりだった。

「ただの教師だと思ってバカにしているのかしら？　お漏らしをしたら初等部に一週間の落第よ。でも、飼い主がすぐに中等部に戻してくれるとは限らないわ。中にはオッパイを小さくされて、九年間小学生ですごした娘もいるんだから」

女教師はセーラー服越しに男牝奴隷の乳房を揉みながら脅した。

女子生徒たちは少年が強制的に豊胸手術を受けたことは知っていた。縮小することも不可能ではないと考えたはずだ。

すぐさま椅子の上で蹲踞の姿勢になった。

「スカートを捲り上げなさい」

彼女たちは言われたとおりにした。

「返事は？」

「はい！　スカートを捲り上げました」

香菜子はオムツを晒して泣きそうな顔になっていた。

他の二人は木綿製のパンティを穿いていた。臍の下に赤いリボンが飾られている女子中学生の下着に相応《ふさわ》しい下着だ。しかし、股間の部分がしっかり湿っていた。愛液と先走り液で濡れているようだ。

「そこのオムツ女はもう濡らしているようね」

「あ、あうぅ……」

香菜子は顔を覆って泣きだした。

真面目さを買われ風紀委員を任せられるほど、清潔な少女だった。

しかし、今は同学年の少女たちの前で、恥ずかしい姿を晒さなければならなかった。

「オムツ女はそのまま好きなだけ漏らすことね」

女教師は少女たちの前に便器当番を誘導し、その肩を押さえて座らさせ、ちょうど少女たちの股間が目の前にくるようにした。

「あ、あぁ……いやぁ」

「うぅ」

見るほうも見られるほうも居たたまれなかった。互いに顔を背けたが、便器当番の少女は髪を掴まれると股間に顔を押しつけられた。

「ほら、パンティをずらしな」

男牝奴隷は閉じようとしていた太腿を叩かれ、パンティをずらしてペニスを露出させた。篤子と違って貞操帯を嵌められていなかったが、亀頭の先にピアスが貫通していた。

先端が尖ったデザインになっているので、女性器に挿入できないようになっていた。さらに、苦痛を与えるように、太いピアスの棒が尿道を貫通して亀頭と裏筋の縫い目まで届いていた。

「……光秀《みつひで》くん」

「北条《ほうじょう》さん、あぁぁ、見ないでぇ」

どうやら二人は同じ県の出身者のようだった。

「便器当番は口を開きな」

「え？」

「排尿のお手伝いをするのさ。一滴でも溢《こぼ》して教室を汚したら許さないよ」

中年女の無慈悲な命令に教室中に緊張が走った。

「あ、あぁ、光子《みつこ》は、尿意がなくなりました」

光秀と呼ばれた少年は前言を撤回しようとした。しかし、そんなことが許されるわけはなかった。

「嘘を言うんじゃない。さっさと取りかかるんだ」

ニヤニヤと嗤いながら、光子の膀胱を押してみせた。

「やめてぇ……出ちゃう」

「ほうら、出るんじゃない」

「ダメだぁ……あぐぅ！」

光子が男の口調になった瞬間、首に電流が走り、それと同時に少量の液が放出された。だが、尿は鈴割れから噴出したわけではなかった。それを女教師は見逃さなかった。

「もうそこも女の子に改造されているのね」

ペニスを持ち上げて覗き込むと、付け根に小さい穴がヒクヒクと痙攣していた。尿道をバイパス手術で新たに増設していたのだ。

「可哀想に、もう二度と立ちションができない身体になったのね」

肉竿に食い込むほど爪を立てて嘲り嗤った。

「死にたい……こんな身体になって死にたい」

「ダメよ。強く生きないと……お家に迷惑がかかるわ」

北条と呼ばれた美少女はそう言って光子を励ますと、顔を傾けて肉竿の根元に唇を押し当てた。

「北条さん……ダメだ」

「いいのよ……もう、私の身体は穢れ尽くされてる。光子さんのオシッコで清められたいわ」

「あぁ、許して、許してぇ……」

光子は顔を覆って身震いすると、放尿を開始した。それを少女は頬に涙を流しながら余すところなく嚥下《えんげ》していった。

そして、他の班の少女もそれに従ったのだった。

＊

陰湿な授業はさらに続き、午後になっていた。

C班の女子たちも観念して篤子の口に放尿を始めた。

ただ、午後の授業が始まっても、咲良子だけは篤子の口に放尿しなかった。未来の夫として敬愛していた相手の口に向けて排尿などできるはずがないというのだろう。

尿意だけでなく便意も強くなっているにちがいない。

先ほどからガスが洩れていたからである。

懸命に尻穴を絞って音を殺しそうとしたが、野卑な匂いが漂うのをどうすることもできずにいた。

「牝豚ども、本気でやるんだよ」

六限目は全学年で体育の授業だった。体育教師は女の帝国軍人で生徒よりも人数が多かった。

運動場のフェンスは鉄格子になっていた。つまり、外から覗き込めるようになっていた。

生徒たちの体操服はブルマだけという姿だった。

みな乳房を揺らしながらグラウンドを懸命に走っていた。

「おら、牝豚、しっかり走れ！」

「去勢されたとはいえ、牡なんだろう。負けるんじゃない！」

二人で四百メートルを競わされ、負けたほうはバイブを挿入することになる。咲良子は篤子の前だというのに玩具で処女を喪失するなど耐えられないことだろう。しかし、便意が高まっているため、いつもの実力が出せないようだった。

結果、咲良子は負けてしまった。

「自分で入れるんだよ」

咲良子はずっしりと重みのあるバイブを手渡された。

それは屹立した男根そのもののように芯が脈打って温もりもあった。だが、表面はくすんでいた。これは多くの少女の蜜汁と血を吸ってきたものだったからだ。

「さっさとするんだよ」

軍人に小突かれて、咲良子はブルマを膝まで下ろした。

篤子には耐えがたい光景だった。

「日本人の牝豚はいつでも発情してて、常に濡れぬれなのね」

ブルマの裏生地には濃厚な蜜汁がついていた。

割礼され剝き出しになった淫核が走っている途中で擦れて、絶頂に達する少女もいるくらいだった。

「ひょっとしてわざと負けたのかしら？」

「ち、違います」

「どっちでもいいからさっさと自分で挿入しなさい」

そう言ってバイブを股間に押し当ててきた。

これまで幾度もオレグによって犯されてきたが、自分で処女膜を破らないとならないのは恥辱の極みだろう。苦悩する咲良子を見て、篤子の目は涙で潤んできた。

「あうう……」

咲良子は仕方なく割れ目に亀頭を押し当てた。

身体が硬直するが、それに抗《あらが》うようにぐっと押し込んでいく。

「いッ!!」

同世代の少女たちの前だからか、悲鳴を我慢していた。

しかし、股座からは血が流れ落ちていく。

「くぅ……」

「こいつ、処女奴隷だったのか？」

「ははは、バイブで処女を失えてよかったわね。これから何回も体験できるわよ」

「ほら、もっと奥まで入れなさい」

帝国軍人が集まってきてくれたおかげで壁ができた。

しかし、苦痛に苦しむ咲良子はそれどころじゃなかった。一瞬、篤子は目が合った。篤子のほうは篤子のほうで紙オムツの上にブルマを穿いており、紙オムツがはみ出すという恥ずかしい格好をしていた。二人はそっと顔を背けた。

「ちゃんとしなよ」

帝国軍人が咲良子の手を押して、バイブを奥まで挿し込むと、別の軍人が無理やりブルマを持ち上げた。

「あぁ、あぐぅ」

子宮口をバイブの先端が突き上げてくる痛みに咲良子は身を捩った。ブルマの股間部分が歪《いびつ》に歪んでいた。

そのとき、咲良子が悲鳴をあげた。ブルマの突出した部分が異様に蠢いていた。バイブがいきなり動きだしたのだろう。

「くひぃ……あ、あぁッ」

咲良子は息を深く呼吸して落ち着こうとした。受け入れることが苦痛を和らげる方法だと学んでいたからだろう。

快楽など否定したくとも、痛みから逃れたい一心でそれにすがってしまう。篤子にもよくわかった。

競争に負けた他の少女もバイブを入れられていたが、破瓜に苦しむ娘はいなかった。それどころか、バイブが動きだすと頬を真っ赤に染めて、お尻をくねらせはじめたではないか。

中学三年生とは思えないほど成熟した一人の少女が下唇をチロリと舐めた。

オレグに凌辱されるたびに恐怖を味わうが、徐々にオレグを受け入れる気持ちが芽生えはじめていた。篤子は例のシンクロ装置でそのことを知っていた。

オレグは「この凌辱は毎回、おまえの恋人も見ているんだ」と言っていた。

咲良子はシンクロのことは知らされていないようだった。惨めな姿をあそこまでリアルに見られていると知ったら、屈辱と羞恥で狂ってしまうのではないだろうか。

――グルグル。

便意が切羽詰まってきたのか、腸が悲鳴をあげていた。

そのとき、小柄な少女がおずおずと手をあげた。他のクラスの生徒だった。妖しげな座薬を入れられていた少女だ。

「なに、牝豚？」

「あの……おトイレに行かせてください」

お腹を押さえて、冷や汗を垂らしている少女に向かって帝国軍人は無慈悲な指示をした。

「便器当番を使うんだ」

「どうかおトイレを……」

「便器当番、こっちに来るんだ！」

帝国軍人が大声を張りあげると、オムツをブルマからはみ出させた少女が駆け寄ってきた。

「お呼びでしょうか？」

「オムツを脱げ」

「……は、はい」

少女は命令に従った。オムツは黄色く染まっていた。競争で負けたのだろう、股間からバイブの胴体が覗いていた。

「便器のくせにお漏らししたの？」

「……うぅ……はい」

「落とさないように捧げるように持つんだ」

「かしこまりました」

彼女は不安な顔をして言われたとおりにした。生徒たちは何が始まるのかと息を殺してじっと眺めている。

するると、帝国軍人はトイレに行きたいと訴えた少女のブルマを下ろすと、後ろから抱きかかえる姿勢をとった。

塀の外のギャラリーにも丸見えだった。

「ほら、好きなだけするがいい……ウンチだろう？」

「ひぃ、お願いです。おトイレで……」

「バカだね。牝豚が使えるトイレなんてないんだよ。ほら、便器当番。ちゃんとオムツで受け止めるんだよ」

少女は不安な顔でオムツを差し出した。

「あぁ、見ないで、見ないでぇ！」

ブリッと放屁音が響くと、同時に菊蕾を押し開き、少女には似つかわしくない大量の極太便がニョロニョロと飛び出してきた。

排泄が終わると肛門を清められることもなく、ブルマを穿き直され、少女はその場に膝をついて噎《むせ》び泣いた。しかし、本当の受難は便器当番のほうだった。オムツの上でうず高く盛り上がった汚物をどうすべきか迷い、オロオロとするばかりだった。

「何しているの？　さっさと穿きなさいよ」

「え？」

「そのまま穿くんだよ。それが便器当番の役割だろう」

「……それはできません」

「穿けないなら、口で処理してもいいんだよ？　文句を言ったら、その口に無理やり流し込むよ」

脅された少女は泣きながらオムツを穿き直した。

咲良子は絶望し、その場にしゃがみ込んだ。すると、とたんに我慢していた物が一気に溢れ出した。バイブは膣内で蠢いたままで、咲良子は天を仰ぎ、恍惚とした顔になった。絶頂に達してしまったのだろう。

＊

体育のあと、廊下には上半身裸でブルマ姿の少女が三人並んでいた。

三人ともお尻の部分を膨らませ、異臭を放っていた。そして、彼女たちは木札を持っていた。そこには「ウンチをお漏らししたので初等部で躾を受けます」と書かれていた。

そのまま全校生徒が帰るまで放置されるのだが、その日、中等部では三名、高等部では六名の少女が初等部に落第することになった。屋敷に帰れば帰ったで、主人からお仕置きを受けることを意味していた。

篤子もまた人力車でエリーザの城へと戻った。

すぐに謁見するよう言われ、早苗とともにエリーザの部屋に向かった。

「待っていたわよ」

エリーザはいつものようにローブに包まれていた。

部屋に一歩入ると、淫靡な匂いが鼻をついた。すぐに男女の艶やかな喘ぎ声が聞こえてきた。三人の男が十人ほどのメイドを相手にしていたのだ。

「おお、すげー、マ×コが吸いついてくるぞ」

声の主《ぬし》は少年のようだった。肌の色からも日本人だとわかる。肩幅が広く、背中の筋肉も盛り上がっていた。少年は忙しなく腰を打ち込むたびに、メイドたちが身悶えながら甘い嬌声をあげた。

彼らは全員坊主頭だった。

一人が振り返った。知っている顔だった。新幹線で出会った男だ。確か財前嘉宗という名前だったはずだ。

嘉宗は顔を歪めながら大袈裟に笑った。

「これはこれは、少し会わない間に、ずいぶんご立派になられましたな、公爵様」

残りの二人の少年は篤子の同級生だった。厳嶋《いつくしま》と呉《くれ》という名で、元来粗野な性格だった。自分よりも地位の低い者たちを虐めるような輩《やから》だった。

厳嶋と呉は嘉宗に負けぬほど口の端を歪めてニヤリと笑った。

「……くぅ」

セーラー服姿を恥じるように篤子は顔を逸らして、エリーザに視線で訴えた。

(どうして、彼らがいるのですか……)

エリーザが目を細めた。

「この三人を家臣に任命したのよ」

「ああ、先ほど王女様から由緒ある刀をいただいたんだ」

見れば刀掛に日本刀が置かれていた。どれも銘のある業物《わざもの》であろう。帝国軍に没収された刀を取り戻すことは華族男子の誉《ほま》れの一つだった。

(僕も……赤紙だったら、あちら側の人間だったんだろうか?)

首輪の装置を通じて、彼らの生活を知っている篤子は三人とも数えきれないほど女性経験を積み重ねていることに羨望せずにはいられなかった。自分にはない男としての自信というものが滲み出ていた。

一方の篤子はどこから見ても女子である。

女性ホルモンで肌は肌理《きめ》細かくなり、髪も艶やかになって光沢を帯びている。お尻の丸みももう少年のものではなかった。そして、女性ホルモンの影響かわからないが、性感帯と化したアヌスが疼くのだった。

「何をボサッとしているの。ほら、犯してあげるからこっちに来るのよ」

エリーザは股間の逸物をこれ見よがしに突き出した。

人工ペニスが天井に向かって聳えていた。亀頭が拳大の傘を大きく開いていた。裏筋はインプラントでごつごつしている。それはまだ小さいほうの人工ペニスだった。

日本人でもかなりの巨根の部類で、嘉宗たちもエリーザの逸物を見て息を呑むほどだ。

「……」

「お呼びでございますよ」

早苗から注意され、エリーザの前に行くと、六人のメイドが三人ずつ整列して机となった。

篤子はスカートとパンティを脱がされ、下半身丸出しでセーラー服だけの姿になった。そしてセーラー服も捲り上げられ、見事な乳房を上下の縄で絞り出された。

早苗がメイドの背を叩くと、篤子の前にいる二人のメイドが膝を曲げて、真ん中のメイドが中腰になった。

「こちらに座ってください」

「うぅ……」

篤子は最も低いメイドの双臀の上に座った。すると、彼女たちがいっせいに立ち上がった。

まさにエリーザに捧げられる供物《くもつ》のようだった。

エリーザは篤子の乳房を荒々しく揉みしだいた。愛撫とはほど遠い揉み方だが、それでも被虐に馴《な》らされた少年の身体が敏感に反応しはじめた。

貞操帯がヒクヒクと蠢き、快感の証として先走り液を溢れ出させた。

篤子は昂奮すればするほど、下半身の苦痛は激しくなる。だが、苦しみが新たな快楽を呼び起こすようにもなっていた。

(あぁ、こんなことで感じる身体にされてしまって、私はこれからどうやって生きていけばいいというの……)

学園でも多くの女子生徒が自らの境遇を諦観《ていかん》していた。咲良子のように恥じらいのほうが強い少女は少数派になっていた。

「いつものように可愛く喘ぐのよ」

エリーザが人工ペニスの亀頭を押しつけた。常識では入りきらない大きさだが、拡張を施された篤子は菊門を弛緩させて、口を開いて受け入れてしまうのだった。

「あ、あぁぁ！　太いです……あぁ、あひぃ！」

息が詰まるような強烈な圧迫感に襲われる。しかし、もう何度も経験している尻穴が、あっと言う間に亀頭を呑み込んでいった。

だからといって余裕があるわけではなかった。なぜなら、先日、ようやく二番目に太い人工ペニスに慣れたばかりだからだ。篤子はまた肛門が切り裂かれる痛みを感じた。

「ひぃ、だ、ダメめぇ……あ、あひぃ！」

篤子はメイドの柔らかい肉に爪を食い込ませた。

メイドがその苦痛で身動きした。篤子も人工ペニスで腸壁を擦り上げられるたびに波打つように身体を捩ってしまった。

「女のように犯されるのを学友に見られる気分はどうかしら？」

「あぁ、どうか、王女様と二人きりで……あひぃ」

「私は可愛いおまえを見せびらかしたいのよ。ほら、牝豚のように泣くのよ」

エリーザはさらに男根を突き入れてきた。ごつごつした太幹が肛門をヌルヌルと擦り上げて、掘削機のように容赦なく腸壁を抉《えぐ》った。

「あ、あくぅ……」

篤子は深く息を吸って肛門括約筋を緩めようとした。すると、わずかだが痛みが和《やわ》らいでいく。ハァ、ハァと小刻みに息を吐いていると、腸壁から望ましくない快楽が目を覚ます。

（あぁ、ダメぇ……人が見ているのに感じるなんて……）

しかし、思いとは裏腹にアヌスの快楽に身体を迎合させてしまう。

「緩んできたわね」

エリーザは休むことなく腰を前後させた。人工ペニスを引き抜くたびに桃色の菊門が漆黒《しっこく》の肉竿に絡みついてくる。

菊蕾の括約筋がカルデラの外輪のように膨らんでいる。そこをそっと指で撫でられただけで、篤子は狂おしく身悶えた。

「あ、あひぃ……あ、あくぅ」

篤子は恥も外聞もなく甲高い喘ぎ声をあげた。

「マジで女みたいだな」

嘉宗が呟いた。その声にハッとしてあたりを見渡すと、三人の少年がいつの間にか接近していることに気がついた。

「こんなオカマを今まで公爵様とゴマ擦ってきたのかよ。バカみたいじゃないか」

「やっぱり見た目と同じで中身も女みたいなやつだったんだな」

厳嶋と呉も嘲笑と侮蔑《ぶべつ》の入り交じった表情で篤子を見下ろした。

「あ、あ、見ないで」

篤子は顔を手で覆った。

「三人とも約束どおりにやってみせて」

エリーザが命じると、嘉宗が代表して仰々《ぎょうぎょう》しく返事をした。

「王女様のおっしゃるとおりにいたします」

嘉宗が篤子の両手を無理やり顔から引き離した。

そして、その顔先に嘉宗は肉棒を押し当ててきた。

「しゃぶれ」

「え？」

「言われたとおりになさい」

エリーザに命じられたが、すぐにはできなかった。

嘉宗のそそり勃った肉槍は二週間前まで童貞だったのが信じられないほど自信に満ち溢れているように見えた。膨れ上がった静脈や充血した亀頭が同性とは思えないほどグロテスクだった。そして、メイドの愛液と白濁液のせいでおぞましいほど濃厚な匂いを放っていた。

亀頭の先端で唇をなぞられた。

「おら、口を開けるんだ」

「あ、あ、ああ」

「咥えやすくしてあげるわ」

エリーザが腰を突き出した。すると篤子はメイドの尻の上をすべった。

その瞬間、開いた口に嘉宗が肉棒を押し込んできた。

「おい、オカマ公爵、俺たちのもしごけよ」

両手を誘導された篤子は厳嶋と呉の屹立した肉棒を握らされた。どちらも粘液でネバネバついていた。

「言うとおりにするのよ」

仕方なく肉棒をしごきだした。

（あぁ……男性を相手にするとは聞いたが、それが同級生とは……）

篤子は手と口で味わう男根の感触に暗澹《あんたん》たる思いになる。この三本がいずれ自分の肛門に入ると想像するだけで、気が狂ってしまいそうだ。

だが、首輪から妖しげな薬液が流れ込んでくる。狂うことさえできない篤子はエリーザが望むように犯されるしかなかったのだ。

「この三人は家臣だから、褒美を与えるときはおまえを使うことにするわ」

エリーザが篤子の乳房を揉みしだき、その頂点で尖った桃色の乳頭を捻り潰しながら、深々と沈め込んだ肉棒をさらに抉り込んだ。

「んんんッ」

「オカマの家臣に選ばれたときは、これはハズレくじかと思いましたよ」

ヘラヘラと嗤いながら嘉宗が言った。

家臣というものがどういうものか篤子はわからなかったが、おそらく赤紙で選抜された華族男子学園の生徒が帝国貴族の家臣に抜擢されるのだろう。家臣のメリットとしては、その貴族が所有する白百合の牝豚《美少女》や男牝奴隷《美少年》を食い物にすることができるというものなのだ。

（もし赤紙だったら……咲良子と結ばれることもあったのかもしれない……）

しかし、そう仮定しても今が虚しくなるだけだった。

「舌がお留守になってきたぞ。もっと心を込めて舐めるんだ」

「……んんちゅ、あむぅ」

「夏之丞のも舐めさせてやりたかったが、あいつは犬死にしたからな」

肉棒で塞がれながら篤子は不満の声を洩らした。

「歯を立てたら許さないぞ」

そう警告しながら嘉宗はエリーザと調子を合わせて腰を繰り出した。

ペニスで二つの穴を犯され、窒息して頭が朦朧となる。しかし、雁首で腸壁を摩擦されると排便欲にも似た感覚に、つい喘いでしまう。

篤子は口の端から涎を垂らしながら、肉棒に奉仕をした。

「ケツマ×コがギュウギュウ締まってたまらないわ」

それに乗じて厳嶋と呉も揶揄してきた。

「女みたいに小さい手だな。それでも男なのか？」

「牝豚を生産することでおまえの家は成り上がってたんだな」

エリーザは冷笑を浮かべながら、形が変形するほど乳房を鷲摑みにした。

「あなたたちに男牝奴隷の射精を見せてあげるわ」

「んん、んんん」

篤子は惨めな思いをしたくなかったが、その術《すべ》をすべて封じられていた。

人工ペニスが前立腺を激しく刺激した。

それまで高まっていたアナル感覚の向こうにあの惨めな射精が待っているのだ。ペニスをひと撫でてでもしごきたかった。篤子は焦って腰を動かしたが、エリーザがメイドを打擲《ちょうちゃく》すると、篤子を支えていた二人のメイドが離れた。すると、その合間にすっぽりと尻が落ち込んで身動きが取れなくなってしまった。

（あ、あ、射精は嫌ぁ）

篤子が眉間に皺を寄せて悶えたのは、貞操帯を嵌めたままでの射精の怖ろしさを知っていたからだ。

それは精液を絞り出す行為に限定されており、射精できても男としてのモヤモヤとした性欲は残ったままなのだ。

絶頂はもう直前に迫っていた。

「んんんんッ！」

「この子がイクわよ。ごらんなさい」

小学校低学年くらいのペニスと同サイズの貞操帯が激しく痙攣した。

それを見守る三人の少年の目が爛々と輝いた。

興味津々だったが、彼らの予想は裏切られた。白濁液が貞操帯の隙間からドロドロと流れ出て無毛の恥丘や会陰のほうに流れていったのだ。

それは男の射精にはありえないほど弱々しいものだった。そのくせ、驚くほど大量だった。

一瞬の沈黙のあと、三人は顔を見合わせて失笑した。

「なんだ、この情けない射精は？」

「オカマに相応《ふさわ》しいな」

「俺らが本当の射精を教えてやるよ」

そう言うと、三人の少年は自分の肉棒をしごいてみせた。そして、ほどなく篤子の顔に勢いよく白濁液を放ったのである。

「溢さないように舐め取るのよ」

「うぅ……かしこまりました」

篤子の美貌を汚した白濁液を舌で掬《すく》い取った。屈辱の味がして、震えるほど感じていた。

第七章　暗黒の相姦地獄

その後、篤子は華族牝学園の高等部で女子に必要な教養を学んだ。

便器当番は運よく回避できたので、高等部一年に編入することができたのだ。

女子の口に放尿することを指示されたが、できるわけがなかった。しかし、そのことをエリーザに報告され、朝の排尿を禁止されたまま登校させられた。結局、少女の口に排尿することになるのだった。

「くぅ……オシッコ出てる……ごめんなさい」

「んんん」

苦しげに呻きながら、少女が尿を飲み干していく。

篤子は長時間我慢していたことで、夥《おびただ》しい量の小水を漏らしてしまった。しかも濃厚なアンモニアだったはずだ。惨めで死にたくなった篤子は放尿を終えたあと、少女をちらっと見たが、彼女は非難するつもりなどさらさらないようだった。

それどころか、こうも言われたのである。

「お互いさまだから、今度は私のオシッコもちゃんと飲み干してね」

「……はい」

不思議なもので、このようなつらい体験が女子に結束感を生むようだ。

篤子は改めて教室を見渡して、あることに気がついた。

少女たちの会話は、自分のご主人様の関心をどのようにして惹くかとか、何度感じさせてもらったとか、あるいは同級生にフェラチオ奉仕をして嬉しかったなどという聞いているほうが赤面するようなものが大半だったのである。

篤子はゾッとした。彼女たちには許嫁《いいなずけ》がいたはずなのに、そのことを悔やんだり、落ち込んだりしている者はいなかったのだ。

そのとき、篤子にも関係のある話題になった。

「ねぇ、もし、あなたの許嫁とセックスすることになったらどうする?」

「それは、歓んでするわ」

だが、そう答えた少女の顔はわずかに曇り、その理由を付け加えた。

「でも、きっと感じている演技をすると思うの」

「わかるわ。私も家臣とセックスさせられたけど……ご主人様のペニスの味を知ったら、どうしても物足りなくて」

それは篤子にとってショッキングなことだった。

帝国に抵抗する気がそもそもないのだ。それどころか、自分たちの貴《とうと》い犠牲で家族を助けていると自己正当化して満足していたのである。これでは、帝国の思いのままだ。しかし、何をどうすればいいのか篤子には皆目検討もつかなかった。

暗澹《あんたん》たる思いになりながら篤子は城に戻った。

しかし、どれほど絶望しても、半日も経てば射精欲が高まってきてしまう。そうなれば理性も消し飛んでしまい、何がなんでも射精したい欲望に支配されてしまう。それと同時にアヌスが疼き、肛門性交を望むことになるのだ。もう頭の中は射精のことでいっぱいだった。

(あぁ、オナニーしたい、しごきたい……ああ、どうか……)

篤子は自室で悶々としていると、早苗がやってきて身嗜《みだしな》みを整えるように言われた。

身体を清めながら、乳房の張りの変化を感じていた。乳腺が張ってきて、本当に女子のような乳房になってきたのだ。もっとも変化が顕著なのは乳首だった。軽く触れただけで電流が走るように感じてしまう。

貞操帯の中でズキズキと肉棒が疼いたが、篤子はその苦痛さえ快楽に変換してしまう肉体に生まれ変わっていた。

「あ、あくぅ」

いけないと思っても、篤子は乳房を揉みつづけた。

快楽を覚える箇所が男の象徴から女のものへと移行しているのがわかった。それを強化するような行動をしてはいけないと頭ではわかっていてもどうすることもできなかった。

篤子は乳首を指でこねくり回しながら、そっと股間に手を這わせた。

(……あぁ、もどかしい……)

冷たい貞操帯を何度握っても肉竿に刺激を加えることはできなかった。

手はいつのまにか菊の蕾に触れていた。

「お嬢様、何をやっているのですか?」

そのとき、早苗が駆け寄って手首を摑まれた。

「あ、あ、あ」

「自分でやるなんて、いけない子ですね」

早苗は叱責した。

篤子が動揺したのには理由があった。

早苗は篤子の調教師に任命されていたからだ。以前のように優しく接してくれてはいるが、規律に違反すると厳しい懲罰を与えてもくる。

「王女様にご報告させていただきます」

「……それだけはどうかお許しください」

篤子は懇願したがとりつく島もないようだった。やがてエリーザの前に連行され、事の顛末《てんまつ》を報告された。

メイドにネイルのケアをされながら、エリーザはそれを聞きながら気怠《けだる》そうにしていた。

「そろそろ牝の悦びも教えてあげようかしらねぇ」

「あぁ、貞操帯を外してから……お尻を犯してください……」

「違うわよ。オマ×コのことよ」

ラボで培養されていた膣のことを思い出した。あれを移植されてしまったら自分はどうなってしまうんだろう。

恐怖に戦《おのの》いていると、エリーザが研究室に連絡するように命じた。

「ああ、お許しください。もう勝手なことはしませんから」

そう懇願しながら、心のどこかでは女の悦びに期待してしまう自分がいた。それを否定するようにもう一度許し乞いをした。

「誓いますから……」

「さて、手術は後日にして、そろそろ外出しましょうかね」

エリーザは篤子を無視すると、面倒くさそうにローブを脱ぎ捨てた。メイドたちの介添えで白を基調とした軍服を身に着けた。勲章が数えきれないほど輝いている。

「戦争があった時代が懐しいわ」

それはエリーザの本音のように聞こえた。

やがて豊かな髪もアップにされ、最後に見るからに立派な刀を腰につけた。

エリーザに連れられて、篤子は早苗とともにカプセルで瞬時に移動した。

帝都租界の中心部に巨大な建築物が見えてきた。

外壁には兵士と思われる石像が無数に飾られており、外壁は木製で一部赤く塗装されていた。まるで日本の神社と古代ローマのコロッセオを折衷《せっちゅう》したような建築物だった。

中はすさまじい熱気に包まれていた。

どうやら日本人も入場できるようで、多数の日本人が会場を埋め尽くしていた。

会場を見渡せる特等席は帝国貴族のもののようで、強化ガラスで防備されていた。

エリーザはその中でもさらに見晴らしのいい席に座った。

隣にはオレグがいて、その股座には咲良子がいた。もっとも隣と言っても五メートルは離れており、日本人用の席とは違ってゆったりした作りになっていた。

「姫君はいつ見ても麗しい。見るたびにお若くなられるようで」

「それは財務大臣殿の皮肉かしら？」

オレグは大臣にしては年が若いように思えた。しかし、咲良子の初夜を奪ったときからかなり肥満しているのが気になった。

彼の股間では全裸にランドセルを背負った姿で咲良子が必死で奉仕を続けている。

篤子に気づくと、とたんにオロオロしはじめた。

「何をサボっておる。そんなことでは元の学年に戻れないぞ？」

「あぁ、それは嫌ぁ……」

咲良子が奉仕を再開すると、チュプチュプと卑猥な音が響いた。ただ、オレグのだらしない腹が額にあたって苦しそうにしていた。

「せっかく新しい身体にしても、すぐに太ってしまうんだ」

「食べすぎるからよ」

エリーザは冷たく言った。

しかし、篤子は「新しい身体」というのが気になった。それに気づいたエリーザが言った。

「帝国貴族は子供を作らないの。その代わり、器を変えて生きながらえる術を手に入れたのよ。この身体も三年目になるわね」

「久しぶりに男に戻られてはいかがですか？」

「いやよ。面倒くさい」

どうやら、エリーザは以前は男だったようだ。

「ふふふ、勘違いしないで。お前ら日本人とは違って、私は男も女もどちらも愉しみたいだけなの」

エリーザがそう言ったとき、コロッセオに和装姿の日本人の少年たちが大勢現れた。

坊主頭である彼らの中には、篤子の見知った者もいた。どうやら、今年、赤紙が送られた男子が集められたようだ。彼ら自身もこれから何が起きるのはわからず動揺しているようだった。

すると、今度は戦国武将のような甲冑《かっちゅう》を着た人間が数人現れた。すでに彼らの手には抜き身の刀が握られていた。遠く離れていても異様な殺気が伝わってくる。

「それでは、一年間生き延びた兵士と新入生の死闘をご覧ください」

アナウンスが流れると、甲冑を着た少年たちが新入生に襲いかかった。あっと言う間に赤い血が飛び散り、怒号と悲鳴が沸き起こった。

新入生たちも抜刀した。どの少年も日頃から研鑽《けんさん》を積み、帝国を倒すことを夢見てきた。

それが同じ国の者同士で闘わねばならないのはなんとも皮肉だった。しかし、いきなり実戦に臨んだ少年たちの身体は硬直し、甲冑の少年たちからあっけなく斬られていった。それでも、中には反撃する者もいて、甲冑を着た少年も新入生に取り囲まれて背後から胸を貫かれた。

最後に残ったのは甲冑の少年三人だけだった。

すぐさま医療チームがやってきて、傷ついた者たちを治療していった。甲冑に何本もの刀が突き刺さった甲冑少年たちが甲冑を脱ぐと、身体は継《つ》ぎ接《は》ぎだらけだった。

「無事に生き延びた兵士に大人のギロチン儀式を行いましょう」

負けた少年たちは袴を脱がされ、萎えたペニスの根元にシガーカッターのようなものを当てられると、次々と無慈悲に男根を切り落とされていった。

凄まじい悲鳴を聞いても帝国貴族たちは喝采していた。昂奮のあまり、自分たちの牝奴隷を嬲って愉しんでいる者もいた。

「こっちにいらっしゃい」

エリーザも残忍な目で篤子を呼び寄せた。

すでに軍服のズボンは開いており、肉棒がそそり立っていた。

「座りなさい」

何を要求しているかすぐ理解できたが、巨大な男根に怖《お》じ気づいた。

疣《いぼ》がそこかしこに点在した肉竿は弓なりに反り返っていた。しかも、全長三十センチ近くはありそうだ。入るわけがないと身体が震えたが、命令に背くわけにはいかなかった。

「んぁ……あひぃん」

篤子は自ら腰を下ろしていく。

「そのまま奥まで入れるのよ」

「ああ、無理です……お腹が壊れちゃう」

「裂けたら直してあげるわよ」

労《いたわ》るように乳房を揉まれた篤子は深呼吸をしながら、ゆっくりとエリーザの巨根を呑み込んでいった。

どうやら、その姿を日本人の観客たちが眺めているようで、股間を激しくしごいている者もいた。

（ああ……あの人たちは私たち華族のことを……見世物としか思ってないんだ）

悲しくて惨めなのに、アヌスを灼くような快楽に圧倒されていく。

（そんなに見たいなら好きにしたらいいわ）

篤子は受け入れる気持ちのほうが強くなってきていることを意識しないわけにはいかなかった。

「あら、あなたも昂奮したのね？　そろそろ私の兵士も登場するわね」

エリーザが腹を揺らして笑うたびに、直腸が破けてしまうほど亀頭が動き回った。

再びファンファーレが鳴り響いた。

またも大勢の新入生が現れた。その中には嘉宗や呉、厳嶋がいた。闘技上で先ほど何が起きたか知っている彼らはすでに抜刀していた。しかし、遠目からも不安と緊張に包まれているのがわかる。

アナウンスが冷酷に言い放つ。

「それでは二回戦は新入生同士のバトルロワイアルといきましょう。二回戦からは死人が出ますのでご期待ください。では、十人になるまで闘うんだ！」

少年たちはいっせいに距離を取りはじめた。

帝国貴族たちだけが牝豚を凌辱する陰湿な音がコロッセオに響いた。

少女たちが呻いていた。篤子の隣でも咲良子が同じように膝上で膣穴を貫かれていた。そのたびに破瓜《はか》の血が飛び散っていた。

「早く殺し合え！」

オレグが昂奮したように叫んだ。

それと同時に少年たちの首に電流が走ったようで、みな膝をついた。しかし、中には懸命に立ち上がる少年もいた。嘉宗もその一人だった。

嘉宗は苦しんでいる仲間の元に近づいたかと思うと、薪割りでもするかのように刀を振り下ろした。

首輪が快楽物質を放出しているのだろう。遠目からもわかるほど、嘉宗は勃起していた。いや、彼だけでなく仲間を斬った少年たちも昂奮していた。殺し合いはそれからも続いた。

生き残ったのは十人ほどだった。そこで二回戦が終わった。

エリーザも昂奮したようで、篤子を荒々しく突いていた。

「あ、あん、あひぃ、そんなに激しくされたら……」

篤子は身悶えながら、なすがままだった。

やがて闘技場に少女が連れ出された。その中には早苗の姿もあった。まるで戦利品といわんばかりに、生き残った少年たちは少女の身体を貪《むさぼ》った。

嘉宗は服を脱ぐと鍛え抜かれた身体で小柄な早苗をたやすく抱き上げて見せた。

そして篤子を馬鹿にするように、勃起したペニスを突き出した。

篤子は負け犬のようにすっかり項垂《うなだ》れてしまった。

女性ホルモンでさらに膨らみはじめた乳房が大きくバウンドしてその重量を伝えてくる。

(どうして、私がこんな目に……)

腸壁を抉られるたびに、倒錯的な快感に背筋が痺れてしまうが、牡の本能を忘れるどころかますます膨らんでくる。

嘉宗やオレグ、エリーザが羨ましかった。自由奔放に犯し尽くすペニスが喉から手が出るほど欲しかった。

「あぁ、あぁ、あああん」

「あの兵士の子といっしょにイカせてあげましょうか？」

「あひぃん、お尻ばっかりは嫌あ……く、クリペニスも使わせてください」

童貞を喪失して以来、一度も使っていなかった。

エリーザは篤子のペニスには興味を失ってしまったのだろうか。

「それなら、いっそう……女の子にしてください」

「あら、クリペニスがいらないっていうの？」

「み、惨めになるだけ……ですもの」

「ふふふ、ちゃんと使い道が出てくるわよ」

エリーザは貞操帯を摑んで乱暴に揺らした。本来なら想像を絶するような苦痛があるはずなのに、まるで刺激がなかった。

感じるのは引き裂けてしまいそうな肛門内部だけだった。

前立腺を責められて、滔々《とうとう》と蜜液を鈴口から溢れ出させた。それを掬《すく》い取られ、口元に持ってこられると、篤子は舌を伸ばして綺麗に舐め取るのだった。

男臭いと感じるその粘液を舐めると、ますますお尻が疼いてきた。自分の中にある牝の部分が反応するようで口惜しかった。

「あ、あひぃ、あくぅ」

「お尻がチ×ポを強く締つけてくるわ。そろそろイキたいのね？」

「ひ、人前は嫌です！」

篤子は暴れたが、すぐに乳首を捻られた。それもまた快楽に変換されるのだが。

そのとき隣の咲良子が叫んだ。

「あ、ああ……イキます」

「私もイク……」

早苗も嘉宗に犯されながら喘ぎ叫んだ。

「篤子……篤子も、イキます……あ、あああああ」

篤子も同時に絶頂に達してしまった。

衆人環視のなか、いつものように惨めな射精が始まった。

しかし、身体をガクガクと震わせ長い長い絶頂に酔いしれた。

ようやく果てたあと、目を開くと、嘉宗が早苗に濡れたペニスを奉仕させていた。

彼だけでなく生き残った少年たちも同様だった。

完全に安心しきって刀を手放していた。

だから、二度目の絶頂時に少女たちが刀に手をやったことに気づかなかった。それどころか、肉棒を根元から切り落とされても快楽に浸ったままのようだった。

しかし、それはほんの数秒の出来事だった。

嘉宗はすぐさま刀を奪い、逃げ去る早苗に向かって投げつけた。背中を刀が貫き、早苗はゆっくりと倒れていった。

＊

結局、嘉宗も早苗も一命を取り留めた。

嘉宗たち赤紙の少年たちは、一人残らず去勢された。しかし、その処置方法は、篤子たち男牝《おとめ》奴隷とは違い、肉棒だけを切除して陰嚢を残すというものだった。

男の性欲は日々募るのに、ペニスを失うのは残酷以外の何物でもなかった。

今後、彼らは射精するには、肛門を犯されるほかなかった。

その役を任せられるのは牝豚と呼ばれる華族少女だったり、男牝奴隷たちだったりした。つまり、嘉宗は定期的にコロッセオで死闘を繰り広げ、生き残るたびに褒美として、篤子にアナルセックスをおねだりしなければならなかった。

早苗もまた生まれ変わった。

いや、元の身体に戻ったというのが正しいのかもしれない。

早苗は出血多量で息を引き取った。しかし、早苗は死んだわけではなかった。首輪にすべての記憶がバックアップされていたのだ。そしてエリーザの城にあるラボの培養液から一人の少女が生まれた。

少女の目は大きく見開かれた。

なんとそれは篤子の姉の瑠璃子だった。

しかも、幼い瑠璃子ではなく、篤子と同年代まで成長しているのも驚きだった。銀幕のスターと称して実家に送られてきた写真と同じ容姿をしていた。

「私は……死んだのですか？」

瑠璃子がエリーザに訊ねた。

「ええそうよ」

「毎回、記憶が曖昧になってしまって……」

その声は確かに姉と同じだった。

瑠璃子が篤子に気づき、微笑みかけた。

「今まで黙っててごめんなさい」

「どうして、言ってくれなかったんですか!?」

「あなたがこの姿を知ったら、どんな無茶をするかわからなかったの。ここまでよく我慢してきたわね」

瑠璃子は篤子をそっと抱き締めた。

「これは祖国に対する裏切りだよ」

「違うわ。私たちがエリーザ様たちの玩具になることで、日本が守られているのよ」

姉は帝国側の人間になってしまったのだろうか。篤子は悲しかった。

「不死を目の当《ま》たりにして、感動するよりも先に祖国のことを気にかけるなんて、やっぱり日本人はズレてるわね」

エリーザが呆れて嘲笑した。

篤子はムキになって一歩踏み出したが、首輪に電流が走ることはなかった。

それどころか、エリーザが貞操帯に触れると、どういう仕組みか、いとも簡単に貞操帯が外れたのである。

そのとたん、恥垢まみれの肉棒がムクムクと起き出した。

それを瑠璃子が両手で包み込むと、異臭が漂う肉棒を躊躇なく可憐な唇に押しつけた。そしてチロリと舌を伸ばして、舐めしゃぶる。それだけの刺激でも、圧倒的な快楽が身体を貫いた。

「やめてぇ！」

篤子は思わず身を捩《よじ》った。

血流が久しぶりに戻った肉棒は霜焼けのように痛痒かった。そこにねっとりと瑠璃子が舌を絡めてくるのだからたまらなかった。その巧みな手技は姉が得意だったピアノを弾くときに似ていた。優雅に首を振り、勃起した肉竿に唇を滑らせる。唾液を全体にまぶし終えると、舌を伸ばして雁首の凹みに這い回ってきた。

「ああ、篤ちゃんもすっかり大人になったわね」

最初の査定のときにフェラチオをしているはずなのに、瑠璃子はまるで初めてのときのような感想を口にした。

「弟のものをしゃぶれるなんて感慨もひとしおでしょ？」

「……はい。あぁ、んんふぅ」

瑠璃子は眉を顰《ひそ》めて悲しそうな顔をしたが、頬をポッと色づかせてもいた。

「姉様……やめてよ……あひぃ」

篤子は口ではそう懇願したものの姉を突き飛ばすことなどできなかった。瑠璃子が小さい舌を懸命に伸ばして、亀頭の裏側や縫い目などのポイントを的確に舐めてくるのだ。先端の鈴口からは透明な粘液が次から次へと溢れ出した。

「美味しいわ。とっても美味しい」

鈴割れを舌でチロチロと擽《くすぐ》りながら瑠璃子は微笑んでいた。

篤子は快楽に喘ぎつつ、自然と腰を震わせていた。

射精欲が急激に高まってきていた。しかし、射精すれば姉の口の中に生臭い樹液を吐き出すことになる。最初こそ罪悪感から腰を引いていたが、次第にフェラチオの快楽に圧倒され、篤子も浅ましくピストン運動を始めた。

「あひぃ……出る……出ちゃうよ……」

「出してもいいのよ……チュプン」

瑠璃子は慈悲深くそう言って娼婦のようにねっとりと奉仕した。

篤子の我慢も限界だった。

「おおお、くひぃん。出る。出ちゃう！」

久しぶりに男のように絶叫しながら、篤子は腰を激しく痙攣させた。

尿道を灼くような悦楽の津波が駆け抜けていく。ドピュドピュと熱い粘液が姉の喉奥に次々と放出されていった。量が尋常ではないために、口の中はすぐにいっぱいになり、白濁液が亀頭にも絡みついてきた。

（ああ……私は瑠璃子姉様のお口に出してしまってるんだ。なんて罪深いことを……

でも、すごい……すごすぎる射精だ)

絶望感と罪悪感に胸が張り裂けそうになり、涙が頰を伝った。

しかし、脳髄を痺れさせるような狂おしい刺激が、そのような感情も倒錯的な快楽へと変化させられる。

「次は姉妹でキスをするのよ」

エリーザは篤子の射精が終わるやいなやそう命じた。

瑠璃子はすぐに立ち上がり、いきなり篤子の唇に吸いついた。

篤子は観念したように唇を薄く開いた。すると、姉の舌が大量の精液とともに入り込んできた。反射的に吐き出してしまいそうになるが、舌を絡めて我慢した。そうするように篤子も躾けられてきたのだ。

「姉様ぁ……あんん、んあぁ」

流し込まれてくる唾液混じりの精液をゆっくりと嚥下《えんげ》していく。自分の放出したものを飲んでいることを実感すると、惨めでたまらないというのに、不思議なことに身体が火照ってくるのだった。身体を寄せ合うと互いの乳房が押し潰され、心地よい息苦しささえ覚えてしまう。

「篤ちゃん、キスも上手《じょうず》ね」

「姉様のほうがもっとお上手です」

頭が芯から痺れたようになり、お返しとばかりに姉の中に精液を押し戻した。すると瑠璃子は喉を鳴らしながら美味しそうに嚥下してくれた。

あれほど大量にあった白濁液が消えると、二人は互いの唾液を交換しあった。その最中、篤子のペニスはしごかれ、姉にもたれかかるようにしながらその場にしゃがみ込んだ。

「また硬くなってるのね」

瑠璃子の細い指で愛撫された肉槍が、グンと伸び上がるように反り返っていた。唾液で濡れた亀頭から性懲りもなく我慢汁が溢れ出ている。

「姉弟揃って素晴らしい牝奴隷になったわね」

「……」

華族の誇りを完全に失ったわけではないから、その言葉には敏感に反応してしまう。しかし、あのお淑《しと》やかだった姉が堕落した姿を目の当たりにすると、自分もその運命から逃れられないのだと悟らざるをえなかった。

（……私たち華族は身も心もマゾとして、帝国貴族の奴隷になるしかないんだわ）

現にそれを証明するように男根とアヌス、それに前立腺が切なく疼いていた。

「さあ、最後の仕上げをしてあげるのよ」

「かしこまりました」

瑠璃子は美しい脚を開いてみせた。するとクチュと卑猥な音を響かせて、桃色の割れ目が開いた。本来なら何もないはずの場所に半透明な膜があった。処女膜を移植されているのだろう。そして、淫核は包皮割礼されているので、丸見えになっていた。それは幼児のペニスほどのサイズだった。

「篤ちゃん、お姉ちゃんと繋がりましょう」

「ああ……姉様」

篤子は姉の手を握りしめた。

女性ホルモンのせいでさらに膨らんだ篤子の乳房はハイティーンの少女らしい張りがある見事なものだった。

「いいわ……来て……」

ペニスの先端をゆっくりと姉の割れ目に押しつけた。

焼き鏝《ごて》のように熱い亀頭が入り口の処女膜を突くたびに、豊潤な蜜汁が噴き出してくる。

「ひと思いにやって」

「……いくよ」

篤子は男としての快楽を貪りたい一心だった。いったん息を止めると一気に腰に力を込めた。

プチッと処女膜が破けると、入り口が強く収縮し、亀頭があっというまに呑み込まれていく。すぐさま次の抵抗があった。力任せに破るとさらに奥にも抵抗があったが、それも勢いのまま破った。

かなりの痛みだったのか、瑠璃子は身体を硬直させていた。それでも、膣だけはまるで別の生き物のように、うねりながら男根を奥へ奥へと誘導していった。

「あ、あぁ、クリペニスが吸い込まれる」

「ああん。熱いのが来る。んあぁ、もっと奥グリグリしてぇ」

最深部の子宮口を抉るようにすると、篤子の長大な肉棒も根元まで埋まった。

無毛の丘同士が擦れ合うたびに、肥大化した淫核がゴロリと押し潰された。

快楽が激しくなればなるほど、膣内が卑猥に蠢いた。まだ十代の身体だというのに、瑠璃子は性器の締まり具合で牝豚としての価値が変わるのだということを骨の髄まで教え込まれているようだった。

それに引き替え、篤子は腰をがむしゃらに送り込むだけで、テクニックなどまるでなかった。

(だから、エリーザ様は私のクリペニスを使ってくれなかったのだわ)

許嫁の咲良子を犯すオレグのことがふと脳裏に蘇《よみがえ》った。荒々しく咲良子を何度も犯した憎い男だが、リンクした咲良子の肉体は途中から快楽も覚えるようになっていた。

篤子はそれを思い出して真似するようにした。腰に力を込めて、膣内でペニスを跳ねさせたのである。

膨張した雁首が膣襞を擦り上げるようにして腰を目いっぱい引くと、瑠璃子が括約筋を収縮させながら可愛らしく喘ぎはじめた。

「あ、あ、あくぅん……すごく逞しいわ。あんんッ」

「はぁ、はぁ、姉様」

押し寄せてくる射精欲を必死で我慢しながら篤子はピッチを早めていく。

そのたびに自分の乳房が激しく弾むのが恥ずかしかった。

「あらあら、予想以上に男の子を頑張っているじゃない。少しご褒美をあげるわ」

そう言ってエリーザは無情にも鞭を振り下ろした。肌を灼き焦がすような痛みが肉に浸透していき、悲しいことにアヌスがヒクヒクと疼きだした。

それをごまかすように篤子はピストン運動を激しくしていった。

「おまえたちわかってるの？　獣のように姉妹でまぐわっているのよ？」

エリーザの侮蔑が逆に倒錯の快楽に火をつけた。

「ああ、王女様のおっしゃるとおり、瑠璃子はどうしようもない牝豚です。小学生の身体にされても感じてしまい、弟、いや妹の専属メイドになっているときも、彼女が一日でも早く自分のような牝豚になることを望んでました」

感極まったように華奢な腰を捻りながら、篤子の動きに合わせている。

「あぁ、姉様……私も、嬉しいです」

鞭がさらに篤子のお尻に炸裂した。

（帝国の貴族の望むように生きてやる。だって、姉様とこんな夢のようなことができるんですもの……こんな世界があるなんて知らなかった……まだまだ素晴らしい世界が待っているはずよ）

篤子は自分を縛りつけていたものから脱した解放感を味わっていた。破滅さえも受け入れようとしていた。

肉と肉がぶつかり合う乾いた音と湿った結合部の粘着音、さらには鞭の打擲音、そして奴隷姉妹の喘ぎ声が部屋に響いていた。

「ああん、私。もうおかしくなっちゃう」

「篤ちゃん、私もよ……あぁ、これを夢にまで見ていたの」

篤子と瑠璃子は融合するように抱き合った。

乳首を汗に濡れた乳房に擦りつけ合って快楽を貪った。

「ま、また、出ちゃう」

「いいわ。中に出して」

意識が飛んでしまいそうな射精欲が会陰から迫ってきた。

「あぁ、姉様、もうダメぇ、イク、イッちゃううううッ！」

身体が蕩けてしまいそうで篤子は肉棒の存在も曖昧になってきた。それでも、なんとか怒張を激しく叩きつけた。

「あぁぁん、私も飛んじゃうーーーッ！」

瑠璃子もそう叫びながら、二人同時に頂点に昇りつめた。

「あぁ、エリーザ様、私と姉様の浅ましい姿を見てください」

「王女様、恥ずかしい牝豚姉妹の絶頂をどうかごらんになってください。はぁあん、イク、イク、イクゥ!!」

〝姉妹〟は全身を激しく痙攣させた。篤子は発作的に肉棒が跳ね上げ、夥しい量の精液を発射させた。

今まで経験したことのないほどの絶頂感が背筋を突き抜けていき、瑠璃子と一体化するような結合感に満たされた。

「ふふふ、次は処女喪失を体験させてあげるわね」

＊

後日、篤子はラボで培養された膣と子宮を移植された。

陰嚢は除去され、ペニスの直下には膣が造られた。麻酔から目が醒めたときには痛みもなかった。

乳房で感じると、勃起もするし、膣から蜜汁も流れ出るようになっていた。

「本当に私たちといっしょなのね」

篤子がセーラー服を捲り上げて乳房と股を晒すと、クラスメイトが歓声をあげた。

男牝奴隷がいるクラスでは差別が起こりうるという大義名分で、篤子も同じ牝豚であることを証明するためオナニーショーを命令されたのだった。

篤子のほかにも二人の少年もいた。

「三人とも嫉妬するほど、綺麗な陰唇ね」

「少しずつ形状が違うんだね。特に篤子さんのは未熟なのに肉厚だから、男性は気持ちいいかも」

「三人ともすごくいやらしい顔をしているわ。本気で感じているのね」

男牝奴隷たちは衆人環視のなか、肉棒をしごきながら、その下にある女陰から透明な蜜飴を垂れ流している。

しかも、途中から、女性としか思えぬ喘ぎ声をあげ、女子生徒たちを刺激した。

三人の中でも特に関心を集めたのは篤子だった。もともと最高ランクでお人形のように愛らしい顔立ちであったが、そこに淫蕩な色気のようなものが浮かんでいたのである。そんな清らかな顔立ちであるにもかかわらず、重たげな乳房を揉みしだきながら、一心不乱に男根をさすっている。

雪のように白い肌をしているため、花唇の鮮やかさが際立つが、自慰が激しくなるにつて、それが少しずつ色づきだし、山百合の香りの粘液がトロトロと会陰のほうへと垂れ落ちていった。

「あ、あぁ、あんん」

身体を捻るたびに少し伸びた髪が華奢な肩をくすぐった。可憐な唇からは儚《はかな》げな喘ぎ声をあげていく。

そのとき一人の少女が太腿を切なそうに寄せ合わせながら訊《たず》ねた。

「教えてください……篤子さんは、男の部分と女の部分のどちらで感じているんですか?」

「あぁ、そんなことは聞かないでください……」

「女のほうが感じるというのは本当?」

「ほ、本当です。あぁん、あぁん、お腹の中が熱くなってきてる……」

移植された子宮が疼く感覚に篤子は実のところ酔いしれていた。

男の快楽は直截《ちょくせつ》的だが、女のものはそれだけではなかった。快感や屈辱への淡い期待が次第に膨らみ、狂おしい快楽へと変貌していくのである。

(惨めな私の身体をもっともっと見てください。あぁ、男か女かわからない、こんな浅ましい身体なのに気持ちいいの……もうだめぇ)

篤子は口の端から唾液が垂れるのも気にせずに、身体を激しく左右に揺らしたかと思った直後に硬直した。その数瞬後、瘧《おこり》でも起きたように激しく痙攣しだした。

「イキます。あぁ、篤子の絶頂をどうかごらんください」

「わ、私もイキます」

「僕もイクーーゥ！」

篤子に続いてクラスメイトの男牝奴隷も顎を反らして絶頂に達していった。

ビクビクビクと肉槍がひきつけを起こしたように痙攣して射精を始めた。小柄な男牝奴隷のどこにそれほどの精液を溜めていたのかと思うほど夥しい量だった。勢いも凄まじく白濁液は頭より上に噴き上がり、周囲の少女たちに雨のように降り注いだ。

一方、膣からは洪水のように愛液がこれまた大量に溢れ出していた。まるで小水のようだ。お尻の下に敷いていたスカートをぐっしょりと濡らすほどだった。

教室内は淫靡な薫りで満たされた。

今やそれを不快と感じる少女たちはもういなかった。

彼女たちは互いのセーラー服に着弾した白濁液を舐め取る始末だった。

絶頂の余韻から褪《さ》めた篤子たちは自分がしでかした粗相を見て、顔を蒼くして謝罪した。

「ごめんなさい……あぁ、拭きます」

「謝ることはないわ。でも、この汚れた顔を舐めて綺麗にしてくださる？」

「……は、はい」

男牝奴隷は級友たちの顔に張りついた白濁液を丁寧に舐め取っていった。片や少女たちのほうでは、篤子たちの男根や割れ目に奉仕をして清めていた。

それが終わると、興味なさそうに本を眺めていた教師が事務的な口調で訊ねた。

「で、オカマたちに貞操帯をつけるの、つけないの？」

「いえ、女子の一員として、自然のままですごしてもらいます」

クラス委員の少女がそう言うと、他の女子たちもしきりに頷《うなず》いていた。

次の授業は体育だった。

男牝奴隷たちのブルマは立派な肉棒の膨らみが丸わかりだった。

グラウンドには日本人の観客が集まり、乳房を揺らしながら走る少女たちに邪《よこしま》な視線を送っていた。

授業はランニングで始まった。

初めのうちは誰もギャラリーの視線など気にしなくなっていたが、何周もするうちに呼吸が乱れ、頬を上気させるようになると、まるで夜の生活を覗き見られているようで気恥ずかしくなってきた。しかも、クリ包皮を割礼されている彼女たちは、走るたびにパンティとの摩擦で感じてしまい、花紺色のブルマを湿らせるのだった。

だが、その恥辱は女子だけでなく、貞操帯を外された男牝奴隷も同じだった。敏感な肉棒を窮屈なパンティとブルマとで圧迫され、走るたびに裏筋を擦り上げられれば、先走り液と愛液がたちまち溢れ出す。その結果、女子よりもブルマを濡らしてしまうのである。

「しっかり根性を入れて走りなさい」

帝国軍人が併走しながら、平たいパドル型の鞭で双臀を打ってくる。十発以上も打擲されると、少女たちはマゾヒスティックな昂奮を掻き立てられ、熱く火照った肌がじっとり汗ばみ、蜜汁をとめどなく溢れさせることとなった。

「本当におつゆをよく溢《こぼ》すな」

「お許しください」

「こんな臭いブルマをよく穿けるわ。発情牝豚の卑しい匂いがプンプンしてくる」

「私たち日本人はお股をグショグショに濡らしてしまう牝豚ですぅ」

帝国軍人は嗤いながら少女たちを追い立て、鞭の先端で濡れている股間部分を軽く弄《いじ》った。

「次は綱渡りだ」

グラウンドに太い縄が用意され、五レーン分張られた。縄には一メートル間隔に瘤《こぶ》が造られており、全長では五十メートルほどはあるだろか。そして少女たちは縄に跨り、毳立《けばだ》った縄の上を歩かされた。

すると、股間に縄が食い込みブルマから蜜汁がジワッと洩れた。

篤子たち男牝奴隷のほうは四つん這いになるよう命令された。その姿勢だと肉棒の裏筋が擦れ、身の毛もよだつような快感が走ることになる。射精欲を抑えようとしても、今度は花唇に縄の瘤が通過するたびに膣口が刺激され、大量の愛液が垂れ出す。

「ほら、早く行け！」

「あぁ、だめぇ、イッちゃう！」

一人の少女が立ち竦《すく》んだままブルブルと震えだし、太腿を蜜汁でびしょ濡れにするほど派手な絶頂を見せた。それをきっかけに次々といたるところで絶頂の悲鳴があがることになった。

男牝奴隷も同じだった。

「あぁ、イク、あぁ、ダメぇ！」

「このオカマ野郎。誰が勝手にイッてもいいと言った？」

鞭で打たれながら、篤子の前の少年が絶頂に達した。双臀を何度も叩かれ、ブルマからはみ出した尻肉が赤く染まっていく。

篤子も我慢の限界だった。

「私も……んあぁ、ああ、あく。イッちゃうぅーッ！」

肉棒が縄で擦られ灼けるように熱くなり絶頂に達した。授業中に射精できるなど、以前では考えられなかったことだ。だが、今はそれが普通なのだ。篤子は見せつけるように股間を縄に擦りつけた。大量の白濁液がブルマの中に広がって股間全体を熱くした。

＊

篤子は城に帰ると、客人と会った。

以前よりもさらに肥満化したオレグと相変わらず可憐な咲良子だった。咲良子は中等部のセーラー服姿で、今日は当番だったのか、オムツを着用していた。

咲良子はオレグの膝に抱かれ、股を開いてオムツ越しに股間を揉まれていた。

他人の尿も吸収しているのかオムツは尋常でないほど膨らんでおり、アンモニアの香ばしい薫りが漂ってきていた。

篤子と咲良子は互いを認識すると、言葉を呑み込んで視線をそらした。

（咲良子の前で今日は何をさせられるんだろう？　きっとアレだ、アレに決まってる）

篤子には確信めいたものがあった。

処女喪失である。

女性器を移植されて数週間になるが、エリーザは篤子と肛門性交しかしていなかった。

元婚約者の前で処女を奪うつもりなのだろう。その証拠に、瑠璃子が純白のスカーフを差し出したのだ。

「明日からは自分の血がついたスカーフを使えるわよ」

そう言ってエリーザが微笑んだ。

「……あぁ、どうか、咲良子の前だけはお許しください」

叶わないとわかっていながら、篤子は懇願せざるをえなかった。もし、咲良子の前で感じてしまったら、二度と男として振る舞うことなどできなくなるだろう。

「おまえの好きな男は、未来の妻を寝取られて、そのうえ、犯される姿を見られるのが嫌でたまらないようだぞ」

オレグが咲良子に囁いた。

「でも、篤子さんも私のを見てました」

「それで昂奮しているのか?」

「あぁ、オムツを揉まないでください……あひぃ、あぁ、イクッ！」

小鳥が囀《さえず》るように咲良子は喘いで、さらに紙オムツを膨らませた。

太い指でオレグが器用にオムツを外していく。

「いやぁ、やめてください。見せないで……」

「お前もあのオカマが姉とやるのを装置で体験しているんだから、自分がどんな牝になったのか教えられるだろ？」

股間を隠そうとする咲良子の手を払いのけながらオレグが命じた。

「……くひぃ、あぁ。ひどいです……ご主人様」

「虐待や辱めのほうがお前ら日本人は感じるんだろう？　ほら、自分でオムツを外して見せてやるがいい」

観念したように咲良子がオムツを取り外した。

オムツはぼとりと重たそうな音を立てて床に落ちた。真っ白い股座が閉じ合わされたが、オレグがすぐさま背後から強引に押し開いていく。

ビクンッ！

股間から乳白色の器官が躍り出た。

それはまさに男根だった。竿の色合いは肌色と遜色なく、亀頭部は剝き出したばかりのクリトリスのようにサーモンピンク色をしていた。しかし、見た目はグロテスクだった。肉竿は弓のようにしなり、表面にはそこらじゅうに血管が這っていた。亀頭の鈴割れからは白濁した樹液がドロリと溢れ出し、練乳でも塗《まぶ》したように股間を濡らしていた。

もちろん、男根の真下には女性器がヒクヒクと蠢きながら蜜汁を溢れさせている。

「咲良子……君も私と同じ身体に……」

篤子がそうつぶやくと、エリーザがそれに答えた。

「牝豚のペニスは着脱可能だわ。もっともクリトリスと直接神経を接続するから、自慰を覚えたてのガキのようにすぐにイッちゃうけどね」

「な、なぜ……こんなことを？」

それにはオレグが答えた。

「うちの兵士が勝ったときに、ペニスでやつらのケツを犯さねばならんからな」

それを聞いて咲良子は嘆《なげ》いた。

「……そ、そんな……」

「その予行演習として元許嫁を相手に童貞を卒業させてやろうというんだ」

帝国貴族の姦計を知った篤子と咲良子は息を呑んだ。

「……男の方を犯すなんてできません……しかも、相手は……」

咲良子は強い口調でそう言ったとたん、首輪に電流が走った。

(咲良子はなんて気高いんだ……それに引き替え私は……あぁん、私の望みは……)

もはや篤子の中では「男」や「華族」はどうでもよかった。愛する人と繋がれるなら、どんな惨めなことでもする一匹の獣と化していたのだ。

「どうか……奪ってください」

篤子は掠れた声で言った。

「そんな声では聞こえないわよ?」

エリーザが優しく篤子の背中を押した。篤子はよろよろと咲良子に近づいた。

「あぁ、咲良子……私の処女を捧げます」

「……それでは、逆転しているわ」

「いいんです。もう私、いや、篤子は男牝奴隷として生きていく覚悟ができました。もう日本人はそうするしかないのです」

篤子は咲良子を抱き起こしてそっとキスをした。

熱く切ない抱擁だった。過去の記憶が脳裏に蘇る。

「ああ……くぅ」

二人はキスしながら嗚咽《おえつ》を溢した。

お互い奴隷の作法を徹底的に仕込まれており、接吻で相手を淫らな気分させる術《すべ》を身につけているのもまた悲しかった。

篤子は咲良子のペニスに触れ、咲良子は篤子の女性器を愛撫する。

密着した肌の滑らかさは互いに極上だった。身体の中で男の部分は股間からそびえ立つ硬い肉筒だけだった。

「いつか、あなたとこうなりたかった……」

「私も……咲良子を抱きたかった。でも、今日は私が抱かれるの……咲良子に処女を捧げられて幸せ……」

「あぁ……濡れてる……本当に感じているのですね」

「この熱いものが入ると想像するだけで子宮が疼いてたまらないの……」

篤子が脚を広げて秘部をくつろげると、咲良子の逸物をそっと誘導した。

ペニスの感触は自分のものに勝るとも劣らない立派なものだった。

それを膣口に当てると、咲良子は喘いだかと思うと、クッと息を止めた。

次の瞬間、一気に亀頭が入っていく。

「んんんッ！」

処女喪失の苦痛は疑似体験よりも激しいものだった。肉が強引に引きちぎられるような痛みが走った。

篤子は咲良子を抱きしめ肩に顔を埋《うず》めた。

出てきた言葉は自分でも予想外の言葉だった。

「遠慮なく犯してください」

「……す、すごい締めつけよ……ああ、我慢できない。イッちゃう！」

咲良子はそう叫びつつ腰を突き出した。

子宮口を押された瞬間、咲良子が絶頂に達したのがわかった。熱いものの噴出を体内で受け止める。

しかし、咲良子は二度目の射精のはずなのにペニスが萎むことはなかった。

大量の精を放ったあとも、屹立したままだった。咲良子はそのまま子宮を突きつづけている。

「あ、ああ、すごい。止められないの」

「あひぃ、あ、あくぅ」

篤子は処女喪失の痛みを感じながらも、肉竿が擦れるたびにGスポットあたりから強烈な悦虐が身体を駆け抜けるのに圧倒された。

（膣内にクリトリスを移植するって言ったけど、これがそれなのね。あひぃ、死ぬほど痛いのに、感じちゃう。あぁ、オチ×チンが動くたびに……あひぃ）

篤子と咲良子の白い肌が紅葉のように色づいている。

少しでも身体を密着させようと、乳房を押しつけ合った。

「……篤子さんのオマ×コがすごく熱くて……襞がチ×ポに絡みついてくる」

「咲良子のペニスも逞しくて、私の子宮が燃えそうなの……あぁ、あひぃ！」

篤子は咲良子が自分の身体で感じているのが嬉しかった。

（咲良子と繋がれるなら、どんな身体でもいいの）

二人は恍惚の表情を浮かべ、身悶えしつづけた。

「まったく呆れるわ」

「お前らだけで愉しんでどうする？」

エリーザとオレグに叱責されると、篤子と咲良子は視線を合わせて頷きあった。

二人とも片脚を上げて、互いの秘部を披露した。

「エリーザ様……どうか、篤子のケツマ×コをお嬲りください」

「オレグ様……咲良子の処女マ×コを犯してください」

帝国貴族は顔を見合わせて笑い合った。

「本当におまえたちは図々しいわね」

篤子と咲良子はそれぞれの主人に背後から抱き上げられ、そのまま貫かれた。

屈強な帝国貴族は軽々と篤子と咲良子を上下に揺さぶった。巨大な肉棍が少女たちの秘部に深く突き刺さる。

それにともない粘着音が鳴り響いた。

「オレグ様にも犯されているみたい」

篤子は力強い圧力を膣内で受けて喘いだ。

「エリーザ様の逞しいペニスが、アヌスから伝わってきます。あぁ、ペニスが押し潰されそうで感じちゃう！」

咲良子ももう何度目かの射精をしていたが、相変わらず勃起したままだった。

二人は自分の唇を重ね、激しく舌を絡ませた。

子宮も疼き、前立腺も疼いた。篤子と咲良子の腹に挟まれたクリペニスも感じて、身体全身が沸騰したように熱くなった。

「あ、あ、篤子もイキます」

「私も……あぁ、あくぅ」

篤子と咲良子は同時に絶頂に達すると、全身を震わせた。

（地獄に堕ちて……奴隷に沈められて……それでもこんな天国が待っていたなんて）

篤子の肉棒と膣、さらにはアヌスもコントロール不能になったように激しく脈打った。

やがて視界がホワイトアウトした。これまでに味わったことのない強烈な快楽の波が続いた。

その間、帝国貴族たちも精を吐き出していた。

（……幸せは悲しみといっしょにやってくるのね）

篤子は意識を失う前に、咲良子にそっと伝えた。

「幸せよ」

「……私もよ」

二人は満ち足りた表情で互いの肩に顔を埋めるのだった。

エピローグ

隷環三十三年。

ラボの巨大な培養液に少女の身体が二体入っていた。

ともに驚くほどの美少女だが、顔立ちが非常に似通っていて姉妹のように見えた。

年頃はそれぞれ十四歳と十二歳くらいだろうか。

篤子はそれを見上げていた。

身体の曲線は完全に女性的なラインを描き、黒髪も腰まで伸びていた。

隣にはエリーザがいる。外見は少女のようで、篤子と身長差がほとんどなかった。

黒い肌に床にまで届きそうな見事な金髪がうねっている。新しい身体になっていても、内面から滲み出す帝国貴族特有のオーラはなんら変わらなかった。

「明日、おまえの弟に白百合を贈るけど問題ないわね?」

弟とは幸胤のことだ。写真では美少女と見紛うばかりの少年に成長していた。

「……はい。いえ、むしろ感謝いたします」

先日、同期の生き残りだった嘉宗が、闘技上でついに死んだ。

それに引き替え、白百合を送られた牝豚たちは奴隷生活を謳歌していた。

「弟を〝妹〟に調教するのはおまえの役目だからね」

「はい……姉様が私にしてくれたように、私も立派にメイドをお務めいたします」

「では、どちらを選ぶ？」

エリーザが培養液の中の少女を見ながら選択を迫った。

二人とも去勢された睾丸から取り出した精子と卵子を掛け合わせて造られたデザイナーベビーだった。

卵子の提供者は咲良子と瑠璃子である。

「上手《うま》く弟を躾けることができたら、地上に降ろしてあげるわ。そうなれば、瑠璃子と再会できるわよ」

瑠璃子は新しい身体を手に入れて、帝国が属州にしている東北のとある華族の屋敷で半年前から暮らしていた。

近々、白藤家の長男である信胤のもとに嫁ぐことが決まっていた。

つまり、篤子がミッションをやり遂げたら、女の身体に変身して、長男の第二夫人になることを意味していた。

瑠璃子は帝都租界のことを告発しないでいるが、それは篤子にもよくわかった。それを伝えたところで、日本人は帝国のことを理解できないだろう。ならば、いっそ無知でいるほうが幸せというものだ。

ただ、白藤家のような華族は優秀な子を残すことが至上命令である。複雑な近親婚はあまりにも危険だった。

あの兄を正すことができなかったが、妻としてならどうだろうか。また、瑠璃子の協力もあるはずだ。今思えば、自分の母親である第二夫人と第三夫人があれほど仲睦まじい意味も今ならよくわかる。そして、第一夫人だけは白百合も来なかった婚約者だったので、常に反目しあっていたことも。

しかし、兄の信胤の許嫁《いいなずけ》は白百合のせいで、今はどこかの屋敷で惨めで幸せな生活を送っているはずだった。

(だから、兄とは遺伝子が少しでも遠い咲良子との子供で添い遂げるしかないわ)

幸胤はすぐに男牝奴隷にさせられるだろう。

どれだけ近親相姦を繰り返しても妊娠のリスクはない。

答えは決まっていた。

「姉様と私の子を……」

十二歳の天使のように可愛い少女を見ながら言った。

「わかったわ。名前は瑠璃子と同じ早苗でいいわね」

「……はい」

「移り変わる前にたっぷりと犯してあげるわ」

「嬉しいです。どうか、篤子をメチャクチャに嬲ってくださいませ」

篤子は培養液の前で心の底からそう願った。その場にひざまずき、少女の身体をしたエリーザの極太のペニスに恭《うやうや》しく口づけをした。すべてを口に含むことはできないサイズだったが、下の口は違っていた。早くも樹液を溢れ出させて、迎え入れる準備を始めていた。

「あなたの弟にも可愛い許嫁がいるようね。その子よりも年下の小学生にするつもりだけど、問題ないわね?」

篤子はこくりと頷《うなず》いた。満足げな顔でエリーザはさらに言葉を続けた。

「ねぇ、篤子。私に初めて会ったときのあのセリフを言ってよ」

「……ゆ・る・し・ま・す」

「あぁ、ゾクゾクするわね」

浅ましい篤子を見下ろしている少女たちが微笑んだように見えた。

◉新人作品**大募集**◉

マドンナメイト編集部では、意欲あふれる新人作品を常時募集しております。採用された作品は、本人通知のうえ当文庫より出版されることになります。

【応募要項】未発表作品に限る。四〇〇字詰原稿用紙換算で三〇〇枚以上四〇〇枚以内。必ず梗概をお書き添えのうえ、名前・住所・電話番号を明記してお送り下さい。なお、採否にかかわらず原稿は返却いたしません。また、電話でのお問い合せはご遠慮下さい。

【送付先】〒一〇一-八四〇五　東京都千代田区神田三崎町二-一八-一一　マドンナ社編集部　新人作品募集係

奴隷《どれい》帝国《ていこく》ニッポン《にっぽん》　牝奴隷《めすどれい》調教《ちょうきょう》機関《きかん》

著者◉柚木郁人【ゆずき・いくと】

発行◉マドンナ社
発売◉二見書房　東京都千代田区神田三崎町二-一八-一一
電話　〇三-三五一五-二三一一(代表)
郵便振替　〇〇一七〇-四-二六三九

印刷◉株式会社堀内印刷所　製本◉株式会社村上製本所　落丁・乱丁本はお取替えいたします。定価は、カバーに表示してあります。

ISBN978-4-576-20035-4 ◉Printed in Japan ◉©I.Yuzuki 2020

Madonna Mate